せつなの夜に触れる花

（うわ、なに、うまい……っ）

　こんなキスは知らない。とろりとあまくて、酩酊に頬が火照る。

アルコールに弱い京だけれども、きっと極上の酒を飲んだらこんな気分になるに違いない。

「んんっ、んん……っ」

　上顎を舌でくすぐられると、はしたなく腰が跳ねた。

夢中になって江上の舌に応える京は、自分の胸がぴんと張りつめ、硬くなっていくのを感じる。

せつなの夜に触れる花

崎谷はるひ

16576

角川ルビー文庫

目次

口絵・イラスト／おおや和美

十一月なかばの夜、東京の街にはみぞれ混じりの雪が降り出していた。

数年まえまでならば、至るところで華《はな》やかに街を彩《いろど》っていたすこし早めのクリスマスのイルミネーションは、近年の不況《ふきょう》を表してか控《ひか》えめだ。

都心のなかでも派手な印象のある西麻布《にしあざぶ》でも例外ではないらしい。ショーウインドーや街路樹におとなしめの照明がちらほらと輝《かがや》く夜の道は、雪のせいもあってかひと通りもすくなく、しっとりと静かだ。

「あった……」

悪天候のなか、細い身体《からだ》にまとったコートの襟《えり》をかきあわせて、大貫京《おおぬきけい》はぽつりとつぶやいた。何度も手元の地図と見比べ、目的地かどうかをたしかめ、ひとり震《ふる》えたあと、ゆっくりと足を踏《ふ》み出す。

(やっと、見つけたんだ)

西麻布の交差点から、外苑西通《がいえんにしどお》りをスイス大使館方面へと向かう途中《とちゅう》にその店はあった。

コンクリート打ちっ放しのモダンなデザインビル、地下へと続く階段脇《わき》、濃紺《のうこん》に金で英文字表記されたプレートに『Restaurant & Bar ARCTIC BLUE《アークティックブルー》』という店名が掲《かか》げられている。

階段を足下《あしもと》から照らすライトは店の名にちなんでか、透明《とうめい》なブルー。

バスを降りてから、ここにたどり着くまで何度も迷いそうになったせいで、京の身体はすっかり冷えきっていた。雪のせいで湿《しめ》った靴裏《くつうら》が滑《すべ》らないよう、慎重《しんちょう》に階段を降りる。

どきどきと胸が高鳴り、かじかんでいた手が興奮にあがった熱で脈打って痛いほどだ。

一歩踏み出すごとにゆっくりと水底に沈《しず》んでいくような感覚を味わいながら地下へと進み、重厚《じゅうこう》な木のドアを開いた。

まず目についたのは壁面《へきめん》を占《し》める大きなアクアリウム。

手入れの行き届いた、清潔な店内。さりげなく飾《かざ》られた花は、これもブルーの色調で統一されたライトに照らされ、まるで深海の底に咲《さ》いているかのように見えた。

会計スペースと店内は店名ロゴいりのガラスで仕切られていて、ここが外界との境目なのだ、という気分にさせる。

幻想的《げんそう》な青い空間を、店員たちは泳ぐように優雅《ゆうが》に歩いていた。入り口からまっすぐ進んだ突《つ》き当たりにあるカウンターバーでは、ひとりのバーテンダーがシェーカーを振《ふ》るっている。

(……いた)

京は、ようやく見つけたそのひとをまえに、ぶるりと身体を震わせた。

シルエットはすらりと映るが、胸は厚く、広い肩《かた》はがっしりとして、黒無地のベストとネクタイがよく似合う。一見細く見えるのは、彼の背が非常に高く手足が長いせいなのだろう。

なめらかな動作でシェーカーを振る彼の、撫《な》でつけた黒髪《くろかみ》からはらりとこぼれた前髪《まえがみ》。端整《たんせい》な顔には、年齢《ねんれい》を重ねてようやく滲《にじ》む渋《しぶ》みと、男の色香《いろか》があった。

彼の名前は、江上功光《えがみよしみつ》。先月三十八歳になったばかりだ。

十八年ぶりに見るその姿をじっと見つめ、記憶《きおく》に残る面影《おもかげ》を探すうちに、京の目にはかすかな涙《なみだ》が浮《う》かぶ。

離《はな》れた位置にいるせいで声は聞こえないけれど、接客する彼はひどく穏《おだ》やかな笑《え》みを浮かべている。鋭《するど》いけれどやさしい目も、笑うときにはほんのかすかに口の端《はし》をあげるだけの、その角度までも同じだった。

(江上さん、変わってない)

いや、じっさいにはかなり変わったはずだと、頭では理解している。なにしろ十八年も経《た》っているのだ。当時の京はまだ十歳の子どもで、あの江上がバーテンダーになるなど想像すらしていなかったし、彼自身にしてもそうだろう。

だが、おぼろな記憶のなかにある、京の憧《あこが》れだった彼ならば『きっとこうなっているはず』という予想を、目の前の彼には裏切られはしなかった。

言葉に尽《つ》くせないほどの恩を受けた相手を見つけた感動で立ちすくんでいると、背後から穏やかな声がかけられた。

「お客さま、お待たせいたしました。お席にご案内いたします」

振り返ると、すらりとした長身に長髪《ちょうはつ》の店員が、にっこりと微笑《ほほえ》んでいた。胸元《むなもと》のネームプレートに目を落とすと、『フロアチーフ・瀬良久生《せらひさき》』と書かれている。

「おひとりさまでいらっしゃいますか？」

「あっいえ、違《ちが》います。……じゃない、そうです」

うろたえるあまり、わけのわからない言葉を発した京は、瞬時《しゅんじ》に顔を赤らめた。

「コートをお預かりいたします」

「あ、あ、はい」

ウェイティングスペースでコートを脱《ぬ》ぐことすら忘れていた京は、あわててミドル丈《たけ》のコートの袖《そで》から腕《うで》を抜《ぬ》く。挙動不審《ふしん》な客を相手にしても瀬良は穏やかに微笑む顔を崩《くず》さず、優雅な仕種《しぐさ》で手が差しだされた。

プロだなあ、と変なところで感心したおかげか、パニックもおさまった。

（こんなふうに、落ち着けたらいいのに）

京は今年で二十八歳だけれど、ひとには年齢より若く見られることが多い。職場の生徒たちにも、大手芸能事務所の、なんとかいう美少年アイドルに似ていると――ちなみにそのアイドルは十代だ――からかわれる顔立ちは、かなり中性的らしい。

身長も日本人成人男性の平均程度。だが体重は大幅《おおはば》に平均をしたまわり、天然の茶色い髪《かみ》のおかげもあって、遠目ではいまだに女性に間違《まちが》われることもある。

そんな見た目は精神にも影響《えいきょう》したのか、はたまた小学校教諭《きょうゆ》という子どもとばかり接する職《しょく》業柄《ぎょうがら》か、どうにも自分が大人になりきれていない自覚はあった。

だが今夜だけは、世慣れなさにしりごみしている場合ではない。

（そうだよ、せっかくここまできたんじゃないか）

なんのために探偵《たんてい》事務所に大金を払《はら》ったのか思いだせ。自分に言い聞かせたあと、京はすうっと息を吸いこみ、覚悟《かくご》を決めてこう問いかけた。

「あの、すみません。カウンターにいる方は、江上さんですよね」

「さようでございます」

よけいな質問などはせず、肯定《こうてい》だけを返してくる彼に震える声で告げた。

「お会いしたいのですが」

「江上のお知りあいで……？」

ほんのすこしだけ目を瞠《みは》り、確認《かくにん》するように問いかけた瀬良は、じっと京を見つめてくる。

さきほどから微妙《びみょう》に挙動不審な自分を怪訝《けげん》に思っているのかもしれないが、端整な顔にはみじんも感情が出ていない。

凝視《ぎょうし》され、どきりとした京は、あわてながら言い訳を口にした。

「いえっ、あの。雑誌で、見たんです」

ああ、と納得《なっとく》したように瀬良はうなずいた。

もともとは湘南《しょうなん》で人気の店『ブルーサウンド』の支店として口コミでの人気があったこのアークティックブルーは、さきごろ東京のタウン情報誌に注目スポットとして特集が組まれ、紹《しょう》介《かい》された。

女性客よりにターゲットを絞《しぼ》った雑誌の記事では、都心の一等地にあるロケーションのよさ、内装のセンスなどがデートスポットとして評判であることなどが書き連ねられた。

なによりのアピールポイントは、料理、酒、ともに上質であるのもさることながら、スタッフが美形揃《ぞろ》いで評判だという点だ——というややミーハーな記事のなかで、この店のスタッフが働く姿も写真つきで紹介されており、むろん、江上の姿もそこにはあった。

『スタッフ最年長の江上氏は、IBA認定資格を持つバーテンダー。彼の手による芸術的なカクテルは、この店の格を高めていると言っても過言ではない』

たったそれだけの、短いキャプションつきの写真。目を止める人間はさほどいないだろうけれども、酔狂《すいきょう》な客のひとりくらいいてもいいだろう。

「IBAって、あの、すごいんですよね？　ぜひ、味わってみたくて」

実務経験が最低七年、三度の資格試験を受けなければ取得できない『IBA認定インターナショナル・バーテンダー資格証書』は、日本バーテンダー協会の資格のなかでもトップクラスのものだ。むろん無資格で有能なバーテンダーも存在するのだろうけれど、これらの資格保持者はいずれもカクテルコンテストなどで賞を取るような実力派揃いだと言われている。

「……そうですね、江上のカクテルは当店のおすすめでもありますから」

もの慣れなさ丸出しの京の言い訳を信じてくれたのか、瀬良はやわらかに微笑んだ。

「ではカウンターのお席をご用意しますので、少々お待ちを」

長い黒のタブリエと白いシャツのコントラストが、スタイルのいい彼に似合っていた。どうやらフロア担当の制服にはベストはないらしく、店内でそれを着ているのは江上だけだ。

カウンターバーへと向かった瀬良が、江上にそっと言葉をかけた。京には聞こえなかったけれど、短いやりとりのあと、手元の作業を止めた彼が切れ長の目を京へと向け微笑みかけてくる。

一瞬《いっしゅん》どきりとしたけれど、その笑みは見知らぬ客を相手にするときと同じ、礼儀《れいぎ》正《ただ》しいが、なんの感情もないものだと知って、当然のことなのに京は落胆《らくたん》を覚えた。

（いや、でも、これでめげていられない）

長い時間をかけて、捜《さが》していた。あの雑誌が偶然《ぐうぜん》を運んでくれるまで、無駄《むだ》と思えるほどの年月を費《つい》やして調べあげ、やっとここまできたのだ。

「お客さま」

戻《もど》ってきた瀬良に声をかけられ、物思いにふけっていた京はびくっと身体《からだ》を跳《は》ねさせた。

「ご用意ができましたので、どうぞこちらに」

「は、はい」

情けないことに、声が震《ふる》えた。京は萎《な》えきった足をどうにか動かし、瀬良のあとに続いて歩きだした。

カウンターには幸い、端《はし》のほうにひとりの女性客がいるだけだった。震えそうな足をこらえて江上のまえに立つ。

近くに寄ると、カウンターを照らすライトのおかげで、彼の右目の際にある疵《きず》がよく見えた。あのときのものだと気づいたとたん、ぎゅっと胸が絞られるように痛んだ。

罪悪感と同時に、あまく苦しいせつなさが襲《おそ》ってくる。感激が、京の胸を高鳴らせた。

このひとをずっと捜していた――長かった。やっと、やっと会えた。

「では、ごゆっくりどうぞ」

声をかけられ、はっと我に返ると、瀬良が優雅《ゆうが》に一礼し、その場を去っていくところだった。

「……あの、ありがとうございました」

さきほど、彼が江上にかけた声は聞こえなかったけれど、おそらく雑誌で見た客の相手をしろと耳打ちしてくれたのだろう。京が感謝を示して会釈《えしやく》すると、瀬良はやさしく微笑んでいた。

あらためてスツールに腰《こし》かけると、京は高揚感《こうようかん》にざわめく痛む胸を押さえて、どうにか笑みを作って江上へと向き直った。

「こ、こんばんは」

「いらっしゃいませ」

微笑んだ江上の口から十八年ぶりに聴《き》く声は、すこし太くなっている気がした。それでも、彼の声なのだと思っただけで、京は胸が震えてなにも言えなくなってしまう。

じっと見つめていると、訝《いぶか》しむように江上が首をかしげる。だが奇妙《きみよう》な客にも慣れているのだろう、本心の見えない笑《え》みを浮《う》かべ、穏《おだ》やかな声で問われた。

「ご注文はなにになさいますか？」

「あ、えっと……」

ドリンクメニューを差しだす江上に対し、緊張《きんちよう》がピークにきていた京はうつむいた。

心臓の音が、うるさいほどに鳴っている。耳の裏がずくずくと脈打って、かすかに指先が震えていた。その震えを見てとったのか、江上の低い声が問いかけてくる。

「外は、寒かったですか」

「あ、いえ。べつに」

あわてて答えたあと、しまった、と京は唇《くちびる》を噛《か》んだ。焦《あせ》っていたからとはいえ、まるで叩《たた》き落とすかのような返事になってしまった。声をかけられるのが苦手な客だと思ったのだろう、江上は「そうですか」と微笑んだあと、すっと目を伏《ふ》せて手元の作業に集中した。

（失敗した……！）

世間話からでも、話を持っていけばよかったのに、かすかな糸口を自分で断《た》ち切ってしまった。自分のへたさに自己嫌悪《けんお》を覚えた京は、ますます次の言葉をさがしあぐね、黙《だま》りこむしかなかった。

言うべきことはいくらでもあった。彼と会えたら、どう言葉をかわそう、どんなふうに思いを語ろう。ここにくるまで、何度も何度も自分のなかでシミュレーションした。けれど脳内の勝手な妄想《もうそう》と、じっさいの再会はあまりに違《ちが》った。リハーサルはなにひとつ、役には立たない。

しばらく無言でいた京は、江上がシェーカーを振《ふ》る音で我に返った。注文を急《せ》かされることはなかったけれど、バーカウンターに座って酒を頼《たの》まないというのはいくらなんでも非常識だろう。京は軽いパニックに陥《おちい》った。黙りこんだのにはべつの理由もあったからだ。

(どうしよう。なに、頼めばいいんだろう)

二十八にもなって情けないことだが、京はバーに訪《おとず》れたことなどいちどもなかった。

京の職場は私立の小学校だ。近年では教諭の素行も厳しくチェックされるため、飲み会すらも学校が管理する謝恩会以外は禁じられていて、めったに酒を飲む機会はない。むろんほかの教諭たちは、プライベートではそれなりにやっているだろうけれども、京自身はあまりアルコールに強くないこともあり、大学時代からも飲みの席にはあまり顔を出さなかった。

江上がここにいると知らなければ、こうした酒を飲むことをメインにした店に足を踏《ふ》み入れることなど、きっとなかっただろう。

(わざわざ江上さんのカクテル飲みたいって言っておいて、ソフトドリンク頼むわけにいかな

いよな。……でも、飲めないし）

最初の勢いが殺《そ》がれてしまい、狼狽《ろうばい》が身体《からだ》中をとりまいている。なにより無言の江上をまえにするのがつらくて、京は手にしたドリンクメニューを無意味にもてあそぶ。

そのなかで、とあるカクテルが目についた。

（ロングアイランド・アイスティー？　これなら、いけるかな）

名前からイメージしたのは、酒の紅茶割りだった。大学生時代、どうしても断れずに参加したゼミの飲み会でいった居酒屋で、幹事だった女の子に酒が弱いことを伝えると、親切な彼女はソフトドリンクを頼んだうえで、こう教えてくれたからだ。

――つきあいで断れない場合は、お茶で割ったのにするといいよ。カテキンがアルコールの血中到達《とうたつ》速度を低く抑《おさ》えるから、悪酔《わるよ》いしないよ。飲んだあとにお茶でもいいし。

本当は緑茶がいちばんだが、なければ紅茶でも中国茶でもいいと教えてくれた彼女のおかげで、たまの飲み会ではどうにかやりすごすことができていた。

「あの、ロングアイランド・アイスティーをお願いします」

「かしこまりました」

うわずった声の注文に対し、低くなめらかな声で答えた江上は、長い指でグラスを取った。

コリンズグラスにクラッシュアイスを満たし、各種のボトルを手にとっては注いでいく。手早い作業のせいもあって、酒に疎《うと》い京には、どの瓶《びん》になにがはいっているのかさえまったくわからなかった。

（きれいだ……）

ただただ、流れるような動作でカクテルを作りあげる彼の仕種《しぐさ》にみとれていると、目のまえにコースターと注文の品が置かれた。

「お待たせいたしました。ロングアイランド・アイスティーでございます」

「ど、どうも……」

ロングタイプのグラスに満たされた、たっぷりの氷と薄茶色《うすちゃいろ》の飲み物には、細いストローが二本ささっていた。

慣れない京はどっちのストローを使えばいいのか、二本ともくわえるべきなのか、それすらわからず動揺《どうよう》した。

マナー違反《いはん》でみっともない真似《まね》をして、笑われはしないだろうか。そんなふうに考えながらちらりと江上を見やる。だが彼はすでにべつの客のためのカクテルを作り出していた。

ただの客として扱《あつか》われているのが当然なのに、ずしんと胃が重くなった。

（一度も、こっちを見てくれない）

それもこれも自分が第一手を間違《まちが》えたせいなのだ。京は哀《かな》しくなった。手を伸《の》ばせばふれられるほど近くにいるのに、江上との間に巨大《きょだい》な壁《かべ》でもそびえているかのようだ。

多少は愛想《あいそ》笑いのような顔はしてみせたけれど、それはあくまで『客』に対してのものだ。

むろん、いまの京は一見の客で、しかも雑誌を見て押しかけてきた、物見高い相手だ。こういう店での振る舞《ま》いや流儀《りゅうぎ》はよくわからないけれど、彼が他《ほか》の客に接する態度を見ていても、饒《じょう》舌《ぜつ》に客の相手をするタイプのバーテンダーではないことは見てとれる。

静かに飲みたい客に対して、必要以上に話しかけないのが江上のスタイルなのだろう。

（わかるわけ、ないんだ。しかたない……）

江上が自分を覚えているかどうかもわからないし、覚えていたところで、小学生の姿しか彼の記《き》憶《おく》にはないのだ。ひと目で気づいてもらえるわけがない。

そうと理性ではわかっていても、つらかった。

幼いころの京は、本当に彼が大好きだった。そして高校生になってからいままでずっと、彼を捜《さが》し続けていた。いつかきっと見つけて謝りたい。礼が言いたい。そう思い続けてきたけれど、いざ本人を目のまえにすると、どうすればいいのかわからない。

なにより、あんなことに巻きこんで、彼の人生さえ変えてしまった相手だ。正体を明かせば、会いたくもないと言われる可能性のほうが高い。

（しかも、勝手に調べあげてたなんて……いい気分がするわけない）

京は、自分のしてきたことがまるでストーカーじみていることくらい、理解していた。

マナー違反で恥《はじ》がどうこう、などといまさらのことだ。きっと京がここにいる理由と、そのためにとった手段を知れば、江上は気分を害するに違いない。

冷たい目で見られたらと想像した瞬間《しゅんかん》、急にすべての意気ごみが空まわりに思えてきて、全身が冷たくなった。

だがいまさら、この程度でしりごみしてどうする、と京は必死で自分を鼓舞《こぶ》した。自分自身が異常なくらい江上を追いまわしていたことなど、とっくに理解していて、それでもここまできたのではなかったか。

とりあえず、彼がこの店にいることだけは確認《かくにん》できた。本日の収穫《しゅうかく》は、それでよかったとしなければ。それが自分への言い訳だということもわかっていながら、京は必死に言い聞かせた。

（これ飲んだら、帰ろう）

情けなさに落ちこみながら、京はやけくそでグラスを手にした。

ストローでちまちまと吸っている場合ではない。早く片づけたほうが江上のためだとグラスを口元に運んだところで、なにかがおかしいと気づいた。

「……あれ？」

このグラスからは、紅茶の香《かお》りがしない。代わりにコーラの香りに混じった、くせのあるアルコールのにおいがする。

（まさか、違うお酒だったのかな）

江上が注文を間違えたのだろうかと京は疑ったが、確認する勇気はない。とにかく飲んでしまえと口をつけ、ごくごくと喉《のど》を鳴らしたところで、江上がぎょっとしたように目を瞠《みは》った。

「あの。失礼ですが、お酒は強くていらっしゃいますか？」

「えっ？」

声をかけられたことに驚《おどろ》き、京はぱっとグラスを離《はな》す。そのとたん、コーラの香りにごまかされていた強烈《きょうれつ》なアルコール分が、どんっと喉と鼻腔《びこう》を直撃《ちょくげき》した。

「——……！」

まるで頭を殴《なぐ》られたような衝撃《しょうげき》に、京の目が焦点《しょうてん》を結ばなくなる。手から滑《すべ》り落ちたグラスが床《ゆか》に砕《くだ》ける。次の瞬間、ぐらりとかしいだ京の身体《からだ》はスツールから落下した。

「お客さま！」

驚いた誰《だれ》かのちいさな悲鳴に混じって、江上の叫《さけ》ぶ声が聞こえた気がした。けれど、派手に倒《たお》れた京は唐突《とうとつ》な耳鳴りとこめかみの脈動がひどすぎて、それが現実のものか判断がつかない。

「お客さま、大丈夫《だいじょうぶ》ですか⁉」

ぐったりと倒れたままの京に駆《か》けより、瀬良が身体を起こしてくれた。だがひどい眩暈《めまい》がするし、顔が異様に熱くて苦しくて、京は返事すらできない。おまけに倒れたときにぶつけでもしたのか、右手が妙《みょう》に痛かった。

（なんで。目がまわる）

強烈な悪寒《おかん》に京がぐるぐるしていると、「どうした？」とまたべつの声がする。バックヤードから近づいてきたのは、短く清潔そうな髪《かみ》をした大柄《おおがら》な男だ。

（ああ、店長のひと……だ）

フロアスタッフとは違《ちが》い、白いタブリエをつけた誠実そうな彼がこの店のフード担当であり店長であることは、雑誌で見て覚えていた。

「山下《やました》さん。お客さまが急に、酔《よ》われたようで……」

「そう。瀬良さん、まず割れたグラス片づけて。氷水とおしぼり持ってきてくれる？」

はい、と答えて瀬良は山下に京の身体を預け、すばやく去っていった。細身の瀬良よりぐっと逞《たくま》しい腕《うで》に頭を支えられた京は、大きな手のひらで首筋の脈を確認される。

「お客さま？　大丈夫ですか？」

「ら、らいじょ……」

京は、はっきりとした口調で大丈夫、と答えたつもりだった。けれど舌はもつれ、頭を起こそうとすると世界がぐるんとまわる。自分の反応に驚いて黙《だま》りこむ京の顔色に、山下はかすかに眉《まゆ》をひそめた。

「江上さん、この方が注文されたのは？」

「ロングアイランド・アイスティーです。止める暇《ひま》もなく、すごい勢いでお飲みになったんですが、すぐ、この状態で」

いつの間にか江上がカウンターから出て、山下に同じく床に膝《ひざ》をついていた。べつの誰かが割れたグラスをちりとりで集める気配がしたが、ひどく狭《せば》まった視界には江上の顔しか見えなかった。

こんなときなのに、彼が近くにいるというだけで胸が高鳴った。ぐっと涙《なみだ》がこみあげてきてまばたきをした京の反応を山下と江上は誤解したらしく、ふたりの顔がさらにしかめられる。

「まずいな。急性アルコール中毒かもしれない。……お客さま、聞こえますか？」

「救急車を呼びますか」

まだくらくらしていたけれど、意識を失ったわけではない。大事になりそうな予感にあわてて、京はなんとか唾《つば》を飲みこみ、口を動かした。

「き、聞こえま、す。大丈夫です。あの、申し訳ありません。びっくりして……」

倒れた驚きで動けなくなっていただけの話だと説明すると、山下がほっとしたように息をつき「よかった」と笑顔《えがお》になった。

だが江上は、眉をひそめて京を見おろす。

「弱いのなら、あんな飲みかたをしては無茶《むちゃ》です。なにかいやなことでもおありでしたか」

「す、すみません」

咎《とが》めるような声に、京はひたすら申し訳なくなった。まだくらくらする頭を振《ふ》って、どうにか声を絞《しぼ》り出す。

「でも、やけ酒ではないんです。あの、たぶん勘違《かんちが》いしたんです」

京の弱々しい声に、「勘違い？」と鸚鵡《おうむ》返《がえ》しにしたのは山下だった。

「お茶のカクテルなら、お酒に弱くてもそんなにまわらないって聞いていたので……」

その言葉に江上と山下は目を瞠り、おしぼりと氷水を持ってきた瀬良は苦笑いを浮《う》かべた。

「ロングアイランド・アイスティーには、紅茶は入っていませんよ」

「えっ？」

瀬良の言葉に驚き、京は身を起こした。床に突《つ》いた右手から鋭《するど》い痛みを感じた気がしたが、続いた江上の説明には、違う意味で頭が痛くなりそうだった。

「あれはウォッカベースの、コーラとレモンジュースで味つけした強いカクテルです。見た目がアイスティーに似ているために、ああいう名前がついていますが、お茶の成分は一滴《いってき》も入っていません」

「そ、そうなんですか」

ちなみに、ほかに使う酒はジン、ラム、テキーラなど、アルコール度数の高いものばかり。

『酒で酒をカクテル』したものだと聞かされ、京はどうりでと火照《ほて》る頬《ほお》に手をやった。

そして、ぬるりとすべった感触《かんしょく》に気づくより早く、瀬良がひっと息を呑《の》み、江上が目をつり上げて京の手首を摑《つか》んできた。

「なんですか、この手は！」

「えっ、え？」

ものすごい剣幕《けんまく》に京は頭が真っ白になった。ぐいと顔から引き離《はな》されたその手は、真っ赤になって濡《ぬ》れている。カウンターのした、ライトの当たらない死角になった部分に倒れていたので気づかなかったが、そこには割れたグラスの破片《はへん》がひとつ、残っていた。

「あ、うわ、切っちゃったんだ……」

だらだらと流れているそれを見ながら茫然《ぼうぜん》とつぶやいたとたん、江上の口から鋭い舌打ちが漏《も》れた。そして周囲が啞然《あぜん》としているのをよそに京の身体を横抱《よこだ》きにし、「バックに運びます」と宣言する。

「ええ⁉ いや、歩けますし、あの……」

「黙って。手を高くあげてください。すみませんが店長、あとはお任せします」

「了解《りょうかい》。よろしく」

有無《うむ》を言わさぬ口調に、京はおとなしく右手をあげ、運ばれていく。なにがなんだかわからない京をよそに、山下と瀬良は苦笑を浮かべていた。


京を抱《だ》きかかえたまま従業員通路らしい狭《せま》い廊下《ろうか》を長い脚《あし》に任せてすごい速さで通り抜《ぬ》けた江上は、奥にある一室に入った。

おそらくここは休憩《きゅうけい》室なのだろう。八人くらいは席につけるような大きなテーブルが部屋の中央にあり、お茶のセットなどが置いてある。

部屋の隅《すみ》には流し台もあり、そのまえにたどり着いてようやく、江上は京の身体をおろした。そして勢いよく蛇口《じゃぐち》をひねり、水流に傷口をさらす。

「い、いたっ」

「ガラスの破片が入ってるとまずい。洗い流すから我慢《がまん》してください。……ああ、そんなに深くはないですね」

背中から抱きしめられるような格好でいるせいか、江上の広い胸のあたたかさが伝わってくる。かっと頬は火照るのに、怪我《けが》のせいかアルコールのせいか、ひどく寒気がして京はぶるりと震《ふる》えた。

「寒いですか。まずいな」

気づいた江上は顔をしかめ、水を止めると「そこに座って、手を出して」と命じてくる。

「あの、平気で……」

「平気じゃないから言ってるんです。早く。アルコールで血流がよくなってるから、止血しないと」

逆らうことを許さない声で告げた江上は、勢いに押された京を備えつけの椅子《いす》に座らせると、ドリンク剤《ざい》を差しだした。

「なんですか、これ」

「ウコンです。本当は飲酒するまえがいいんですが、すこしはマシでしょう。飲んで」

まだくらくらしていた京は、判断力もないままに素直《すなお》にそれを飲んだ。

タオルを敷《し》いたテーブルのうえに腕を載《の》せるよう指示され、患部《かんぶ》には消毒液がたっぷりと振りかけられる。

「この程度なら、縫《ぬ》わなくてもいいでしょうけど、一応テープで保護しておきます」

てきぱきとよどみない手つきで薬を塗《ぬ》られ、あっという間に大ぶりの絆創膏《ばんそうこう》で傷口がふさがれた。料理を出す店だから厨房《ちゅうぼう》の人間もいるし、きっと火傷《やけど》や切り傷がしょっちゅうなのだろう、大きな救急箱のなかは充実《じゅうじつ》している。

だが彼の手当ての手際《てぎわ》のよさは、この仕事のせいだけではないことを、京は知っていた。

京の流した血で、彼の白いシャツは汚《よご》れてしまっている。京を抱《だ》きあげたりしたせいだと気づいて、どうしたらいいかわからなくなった。

「す、すみません。シャツに血がついてしまいました」

「そんなことはどうでも。近くに救急病院がありますから、すぐに処置してもらってください」

「えっ、そんな、おおげさです」

「おおげさではありませんよ」

手当てをした手を洗い流した江上は、タオルをかたく絞って京の頬を拭《ふ》きはじめた。さきほどうっかりさわってしまった際、顔にも血がついていたらしい。

「平気だというのなら、立ってみてください」

「はい、本当に、平気で……」

こくりとうなずいただけで、めまいがした。まさかと思いながらも立ちあがろうとすると、すとんと椅子に腰《こし》が落ちる。

「あ、あれ？」

「ご自分では気づいていないようですが、手も足もずっと震えています。急性アルコール中毒は本当に怖《こわ》いんです。呼吸や心拍《しんぱく》、脳まで止めてしまうこともある」

しかつめらしく言われても、京はまだぴんときていなかった。酔《よ》いの残った顔を見つめ、江上は深々とため息をついた。

「幸い、足にきただけのようですし、すこし休まれたらタクシーを呼びます。病院には連絡《れんらく》をいれておきますので、必ずいってください」

「……わかりました。ご迷惑《めいわく》をおかけして、申し訳ありません」

しょんぼりと肩《かた》を落として京が告げると、江上はくすりと笑った。

「お酒に弱いのなら、格好をつけたり無理をしたりしないで、わたくしどもにお申しつけください。弱めのもので、と仰《おっしゃ》っていただければ、そのように作ります」

どうやら酒の飲みかたも知らないことは完全に見透《みす》かされていたらしい。たしなめるような声にこくりとうなずくと「それにしても」と彼は言った。

「飲めないのに、なぜまたバーカウンターに？」

ぎくっと京は身体《からだ》を強《こわ》ばらせた。とっさに江上を見つめると、穏《おだ》やかで不思議そうな顔がこちらをうかがっている。

「あの……」

言うならいまだと思うのに、なぜか言葉が出なかった。

ずっと、ずっと捜《さが》していた、会いたかったひとが目のまえにいる。そしてばかな真似《まね》をしたというのに、あのころと同じように、手当てまでしてくれて、気遣《きづか》ってくれている。

やさしくされて、胸が苦しかった。京が京であることを知ったとき、江上はどんな目で自分を見るのか、そう思うと急におそろしさがこみあげてきた。

言葉はなにひとつ出てこなくなった。ただぽろぽろと涙《なみだ》があふれて、京は目を閉じる。驚《おどろ》いたように目を瞠《みは》った江上が声をあげる。

「お客さま?」

「ごめんなさい」

やっと絞《しぼ》り出せたのはそんな言葉でしかなく、江上は困ったように首をかしげたあと、新しいタオルで京の顔をまた拭いてくれた。

「やっぱり具合が……」

京は即座《そくざ》に「いいえ」と告げる。江上はますます困った顔になった。

「詮索《せんさく》するつもりはありませんでしたが、気に障《さわ》ったでしょうか」

「ちがい、ます。ただ、自分がみっともなくて」

涙はすぐに止まった。こんな場所まで追いかけてきて、名乗ることさえできない。それが見苦しくて、自分が情けなくての涙だったのに、彼に慰《なぐさ》められては泣いていることはできない。

江上の右目近くにある疵《きず》をじっと眺《なが》め、京は、いまは黙《だま》っておこうときめた。

(今度、落ちついたときにちゃんと、話そう)

酔っているし、動揺《どうよう》しているし、自分でも自分の思考が支離滅裂《しりめつれつ》であることはわかっている。こんな状況《じょうきょう》で、あのときのことをうまく話せるかどうかわからない。

けれどせめて本心の一部だけは口にしたくて、こう告げた。

「ずっと、江上さんに憧《あこが》れていたんです」

唐突《とうとつ》な言葉にもさほど動じた様子はなく、江上はかすかに苦笑《くしょう》した。

「そういえば、ご指名があったと瀬良が申しておりましたが」

「ざ、雑誌で見たんです。ぼくは、お酒は飲めないんですけど、こういう店にきてみたくて。雑誌の写真、とてもかっこよかったので……」

今夜はへたくそな言い訳ばかりだと、自分で恥《は》ずかしくなった京は語尾《ごび》を濁《にご》らせた。けれど江上はそれを、下戸の男が精一杯見栄《せいいっぱいみえ》を張ったのだと受けとってくれたらしい。

「そうでしたか。雰囲気《ふんいき》だけ味わわれるおつもりなら、ソフトドリンクで充分《じゅうぶん》ですよ」

「でも、バーなのに」

「うちはレストランバーですからフードも売りですし、ディナータイムにはご家族連れや、お食事目当てのかたもいらっしゃいます。ご無理はなさらずともいいんですよ」

なだめるような声をかけられ、京がぱっと顔をあげる。

「じゃあ、あの。また、きてもいいですか？」

江上はその意気込んだ様子にすこし驚き、それから微笑《ほほえ》んだ。

「むろんです。いつでもご来店ください」

「ありがとうございます！」

社交辞令だとわかっている。それか、みっともない酔っぱらいに食いさがられ、しかたなく認めたのかもしれない。それでも京は嬉《うれ》しかった。

江上はいちど口にしたことを撤回《てっかい》するような男ではない。そして彼のそういう美点は、年月によって損《そこ》なわれるものではなかったようだ。

「嬉しいです。本当に、ありがとう」

江上はまた、困ったように笑った。面倒《めんどう》な客だと内心では思っているのだろう。それでも、迷惑がられても、たったひとつだけ見つけたよすがだ。ここで終わりにするわけにはいかない。捜《さが》し続けた日々が無為《むい》なものだったと、あきらめるわけにはいかないのだ。

（いまはまだ、言えないけど）

後日どうにかして、あのときの礼を告げたい。本当に感謝していると、そして申し訳ないと伝えたい。

京は震える手を握《にぎ》りしめて、ぎこちない笑《え》みを返した。

＊　＊　＊

翌日、仕事を終えた京はふたたびアークティックブルーを訪ねた。

「お客さま。きのうは大丈夫《だいじょうぶ》でしたか」

驚いた顔で出迎《でむか》えてくれたのは瀬良で、京はまず深々と頭をさげる。

「ゆうべは大変なご迷惑をおかけしました。あの、これ、お詫《わ》びなのですが」

菓子折《かしお》りを差しだしたとたん、瀬良は「そんな」と一瞬《いっしゅん》目を瞠る。

「こんなお気遣いはけっこうですから」

「でも……」

困った顔をする瀬良に、京は逆に迷惑をかけてしまっただろうかと顔をしかめた。自分自身、いまひとつ世間知らずな自覚があるため、どうすればいいのだかわからなくなる。差しだしたままの菓子折りを手に立ちつくしていると、背後から低い声がかけられた。

「……どうしたんですか」

「ああ、江上さん。きのうのお客さまが」

ほっとしたように瀬良が顔をあげた。京があわてて振《ふ》り返ると、江上がそこに立っていた。なにかの買いだしでもしてきたのか、ベストとタブリエをはずしジャケットを羽織った姿の彼は、手にコンビニの袋《ふくろ》を持っている。

「こ、こんばんは。あの、ゆうべはありがとうございました」

彼は高い位置にある目を細め、京の手に握られたままの菓子折りへと視線を移した。

江上は瀬良に手にしていたコンビニの袋を渡《わた》すと、視線だけでバックヤードを示す。うなずいた瀬良はこの場を江上にまかせることにしたらしく、軽く会釈《えしゃく》して去っていった。

「わざわざ、ありがとうございます。頂戴《ちょうだい》いたします。……お怪我《けが》は、大丈夫ですか」

両手で菓子折りを受けとってもらえた京は、ほっとして表情をゆるませた。

「はい。縫《ぬ》うほどではないと言われました。処置がよかったと」

「それはよかった」

かすかに微笑んだ彼に、さきほどから跳《は》ねあがったまま戻《もど》らない心拍数《しんぱくすう》が気づかれませんようにと京はぎこちなく微笑み返す。

いま。いまなら、言えるかも。緊張《きんちょう》して乾《かわ》いた喉《のど》に唾《つば》を嚥下《えんか》させ、「あの……」と京が口を開きかけたところで、またもや声がかかった。

「江上さん、きのうのお客さま、見えたって……あ、いらっしゃいませ」

ほがらかな声で挨拶《あいさつ》をしてきたのは山下だ。京はあわてて彼に対しても詫びをいれると、

「怪我が軽くてよかったですね」とひとをなごませる笑顔を浮《う》かべた。江上が京からの菓子折りを山下へと渡すと、彼は恐縮《きょうしゅく》したように広い肩を竦《すく》ませ、苦笑した。

「お気遣い、ありがとうございます。いただきます。……失礼ですが、お名前をうかがってもよろしいでしょうか？」

「えっ」

思えば、そこで名乗ってしまえばよかったのだと思う。だが、不意打ちの質問に心構えもなかった京は固まってしまい、山下はなにかを察したように、にこりと微笑んだ。

「失礼いたしました。ご無理にとは申しません」

「あっいえ。け、……キョウです」

こんなことで怪《あや》しまれたくはなかった京がとっさに口にしたのは、自分の名の読みを変えたものだった。江上ではなく山下に対して本名を名乗ることをしたくなかったせいだけれど、告げたとたん、自分がとんでもないことをしたような気分に見舞《みま》われた。

(なに、やってるんだ。ぼくは)

嘘《うそ》をつくのに慣れていない京は、ささやかなごまかしだけでもひどく狼狽《ろうばい》した。せわしなく手を開閉する仕種《しぐさ》や泳ぐ視線を不審《ふしん》に思ってもおかしくはないのに、山下はわけありの客になど慣れているのか、とくに追及《ついきゅう》もせずに「キョウさんですか」とにっこり笑った。

「せっかくいらしたんですから、なかにどうぞ。お食事は？」

「ま、まだですけどあの」

「じゃあ江上さん、お席にご案内お願いします」

「かしこまりました」

京が断る暇《ひま》もなく「では」と山下はきびすを返してしまう。忙《いそが》しそうな彼にまで気を遣《つか》わせ、ますます失敗したと落ちこみかけていると、江上がすっと手のひらをうえに向け、店内へとうながしてくる。

「では、キョウさま。奥のテーブル席が空いているので、そちらに」

「あ、違《ちが》……」

京がとっさに口走ると、江上は切れ長の鋭《するど》い目をしばたたかせた。いまは彼とふたりしかいない、訂正《ていせい》するならいまだと思うのに、どうしても名乗ることができない。

彼の瞼《まぶた》近くに残った疵が動くのを見てしまったせいだ。あんなものを負わせて、本来いるはずだった場所から遠ざけた原因である自分がのこのこと現れたと知ったとき、江上は京をどんな目で見るのだろうか？

(怖《こわ》い)

軽蔑《けいべつ》するだろうか。恨《うら》みごとを言われるかもしれない。そうされて当然だと、それを償《つぐな》うためにやってきたのだと思っていたのに、いざ本人を目のまえにした瞬間、言葉はなにひとつ出てこなくなった。

「違う、とおっしゃいますと？」

問われて、びくっと京は震《ふる》えた。怯《おび》え、困惑《こんわく》した目で江上を見あげると、静かなまなざしに視線を受けとめられる。

真実を告げる代わりに、京はまたごまかしの言葉を口にしてしまった。

「カ、カウンターがいいです。ひとりですし」

「ですが……」

「きょうは、飲みません。転げたりも、しませんから」

くすッ、と江上は笑った。細めた目はやさしく、胸がいっぱいになった。やはり言えない。このまなざしが冷たい軽蔑に凍《こお》るところなど、想像するだけでつらすぎる。

「では、ご案内いたします」

やわらかな声にうなずいて、京は江上の広い背中に続いた。ずるいことをしていると承知で、京は口を閉《と》ざすことを選んだ。それがいずれどんな形で自分に返ってくるのか、いまは考えたくはなかった。

＊　＊　＊

十二月にはいり、いよいよ年末にさしかかるころになると、街のクリスマスムードはかなり高まっていた。

「こんばんは」

「ああ、キョウさん。いらっしゃいませ」

この週、二度目の訪問をしたアークティックブルー、フロア担当の杜森充《ともりみつる》がにこやかな声を発した。この店ではめずらしく京よりも年下の彼は、大型犬を思わせる明るい青年だ。

「こんばんは。席、空いてますか？」

「空いてるっすよ。いつものとこ、どぞ」

コートを受けとった杜森は、わざと不揃《ふぞろ》いにした茶色い髪《かみ》を揺《ゆ》らして「こっち」と軽く顎《あご》をしゃくる。やや軽薄《けいはく》な仕種を見咎《みとが》めた瀬良が、きれいな眉《まゆ》をひそめた。

「杜森。言葉遣《ことばづか》いを直せと何度も言ってるだろう。お客さまに失礼だ」

「あー、すんませ……すみません」

しまった、という顔をする杜森に苦笑《くしょう》して、京は「いいですよ」ととりなした。

「失礼なんかじゃありませんし、ぼくは杜森さんくらいくだけてくれたほうが、話しやすいですから」

「でっすよねー！　キョウさん、最初ウチにきたとき、超《ちょう》びびって……いって！」

調子に乗った杜森の尻《しり》を、苦い顔をした瀬良が手にしたオーダーシートのクリップボードでひっぱたいた。ふだんはクールな瀬良がそんなことをするとは思わず、京は目をまるくした。

「痛いっすよ瀬良さん！」

「店員教育がなっておりませんで、申し訳ございません」

「い、いえ」

あげくには、抗議《こうぎ》する杜森を無視した瀬良がしらっとした顔でそう言ってのけるものだから、ちいさく噴《ふ》きだしてしまう。くすくすと笑う京をまえに、もういちど杜森を小突《こづ》いた瀬良は「ご案内します」といつものように優雅《ゆうが》に案内をしてくれた。

ここ数回ですっかり定番になった、江上の目のまえの席に腰《こし》をおろしても笑いがおさまらず、そのおかげで京は江上に、ごく自然に笑いかけることができた。

「こんばんは」

「いらっしゃいませ。……ご機嫌《きげん》がいいようですね」

「杜森さんと瀬良さんが、おもしろかったので」

初訪問からひと月近くが経《た》ち、アークティックブルーへ訪《おとず》れるのは両手の指の数を超《こ》えたころ、江上は京を見ると微笑《ほほえ》んで会釈してくれるようになった。言葉数も増え、世間話程度ならばあちらからふってくれるようにもなった。

短い期間だけれど、常連になれるようにとがんばった結果だ。

京の仕事場は目黒にあり、西麻布のこの店までは徒歩の移動時間を含《ふく》め片道五十分弱。京が受け持っているクラスは二年生で、クラブ活動などの顧問《こもん》もない。残業は極力禁止とされている。そのため、早ければ五時、遅《おそ》くても七時ごろには仕事を切りあげることができるから、毎日通ってもさほど苦ではない。

それでも京は、週に数回の来店で我慢《がまん》していた。あまり頻繁《ひんぱん》に店に通うと、うっかりしたことになりそうだったからだ。

（あ、あのひとまたきてる）

カウンター席には、常連客らしい背の高そうな青年がひとりと、カップル客が二名。デートに使われることが多いこの店はテーブル席の数も充実《じゅうじつ》しているせいか、カウンター席が埋《う》まることはあまりないらしい。

京と同じくらいの頻度《ひんど》で見かけるのが、必ずいちばん奥に座っている青年だ。大抵《たいてい》はひとりで本を読むか食事をとっている彼は、横顔だけ見てもかなり端整《たんせい》な顔をしていて、店でも目立っている存在として注目を浴びている。

いつもさりげなくセンスのいい服を着て、長い脚《あし》を組み、ひとりの時間を楽しんでいるような姿に、京はこっそり羨望《せんぼう》のまなざしを送った。

（あんなふうに、さまになればいいんだけど）

人種が違いすぎるから無理か、と内心すこしだけがっかりしていると、江上がタイミングを見計らったように声をかけてくれた。

「ご注文は、どうなさいますか」

「おすすめを、お願いします。あと、なにか食べるものを」

最初は、失敗を踏《ふ》まえてソフトドリンクを頼《たの》むようにしていた。だが京が、せっかくなのだから酒を覚えたいと言うと、江上は弱いものから少しずつ慣らせばいいと告げ、京にあったカクテルを勧《すす》めてくれた。

「では、本日はチンザノ・カシスを。あまみはありますが、ベルモットが辛口《からくち》ですので食事にもあいます。お食事がまだなら、チャー・カー・タン・ロン……白身魚のソテーなどはいかがですか」

「じゃあ、それで」

グラスにベルモットとカシスリキュール、ソーダを注いで軽くステアすると、氷がからりといい音を立てる。すこし濃《こ》い赤のカクテルはあまめだけれどさっぱりとしていて、京の口にあった。

「おいしいです」

「ソーダを多めにしてありますから、一気のみしてもまわることはないと思います」

くすりと笑われ、京は赤くなった。

「も、もうあんな飲みかたはしません……」

「そうなさってください。なんにせよ、無理をしないことです。飲まなくても問題はないんですから」

「はい」

運ばれてきた白身魚のソテーは、焼き目がぱりっとしていてなかはふっくらしていた。つけあわせの温野菜も絶妙《ぜつみょう》な火加減。ディルをたっぷり使い、キノコとトマト、バターが絡《から》んでレモンをきかせたソースが非常に美味だ。

(あ、ちょっとスパイスのにおい……?)

イタリアンふうにも見えるけれど、ひと味スパイスを効かせたことで、多国籍《たこくせき》料理のような不思議な味わいになっている。

「これ、本当においしいですね。ずっと食べていたくなる」

あまめの飲み物を食事といっしょにとるのはどうなのだろうと思ったけれど、こってりしたソースの後口をチンザノ・カシスが洗い流してくれるため、どんどんいけてしまう。

「うちでも作れたらいいのに」

更《さら》に残ったソースを焼きたてパンでぬぐい、洗ったかのように食べつくした京に、江上は目を細めた。

「家でも、お料理をなさるんですか?」

「いえ、それが、ぜんぜん。ひとり暮らしで、不経済なのはわかってるんですけど外食ばかりなんです。だからこちらのお店は重宝してます」

「そうですか。ソースは店長オリジナルのレシピだそうですから、もしお料理ができても再現はむずかしいでしょうね」

四方山《よもやま》話から、山下がこの店に勤める以前、『リストランテ・モンターニャ』という、トスカーナ料理をベースにした創作イタリアンの店の厨房《ちゅうぼう》にいたことを教えられていた。山下の兄が経営者であるそこは都内でも名店と言われる店のひとつで、京も訪れたことがある。

「あの店の厨房にいらした方の料理、こんなリーズナブルに味わっていいんでしょうか」

「気どらずに、いろんな方に楽しんでいただくのが店長のポリシーだそうなので」

京がつぶやいたとおり、アークティックブルーの価格設定は相場を考えるとかなり抑《おさ》えられている。むろん、安い居酒屋などと較《くら》べることはできないが、行き届いたサービスに立地のよさ、メニューの豊富さを考えると『安い』としか言いようがないのだ。

「本店のオーナーが、そもそも道楽だと言いきる方ですからね。一部、採算度外視なところもあるので、店長たちはときどき頭を抱《かか》えているそうですが」

「本店ってブルーサウンドですね。いちど、いってみたいです」

「あちらはエスニックな多国籍料理がメインですけど、味は保証します」

たわいもない会話をするいまが、京はひどく楽しかった。同時にどうしようもない罪悪感を覚えてもいた。

江上の対応はやさしく丁寧《ていねい》で、だからこそ苦しい。

この店での京は、相変わらず『キョウ』でとおっている。二度目の来店時に、メンバーズカードを作るためのシート記入を勧められたが、それもやんわりと断ったら、強くは勧めてこなかった。

とくに本名を聞き出すような無粋《ぶすい》な店員もいなかったし、それで通じた。

店を訪れるたび、きょうこそは言おう、次こそは……と思うのに、結局は当たり障《さわ》りのない会話をし、食事をして軽く飲んで帰る、その繰《く》り返しだ。

（どうするつもりなんだ、ぼくは）

このままでは、ますます正体を明かすのがむずかしくなるとわかっているのに、江上がやわらかく応対してくれる嬉《うれ》しさに、どんどん言い出せなくなっている。

「……なにか、お悩《なや》みごとでも？」

「え？」

「ときどき、ため息をついていらっしゃるので」

表情を見られていたことにどきりとして、京は思わず顔をあげる。穏《おだ》やかにこちらを見つめる江上のまなざしに感情の内圧があがり、ぐうっと喉《のど》が苦しくなった。

（いいかげん、覚悟《かくご》しないと）

何度も、言おうとした。そして言えなかった。何度も通ううちに、彼とうちとけて嬉しかった。そのぶんだけ、彼をだましているのだという自己嫌悪《けんお》もふくれあがっている。

それでももう、限界だ。これ以上黙《だま》っていることはできない。

「あの……」

意を決して、京が口を開いたそのときだった。

「はあ!? ばかかおまえは!」

カウンター席の端《はし》にいた青年が、大声をあげた。びくっとしてそちらを見ると、背の高い彼が、携帯《けいたい》メールをチェックしながら険悪な顔をしている。

「どうなさいました、和輝《かずき》さん」

「あ、大声出してすみません。ちょっと、ばかなメールがはいったんで」

江上が声をかけると、和輝と呼ばれた青年がこちらを向いた。京は思わず目を瞠《みは》る。

(うわ、すごい美形)

スツール席ですら持てあましそうな長い脚に、華《はな》やかで端整な顔をした彼は、京に向けて申し訳ない、というように軽く頭をさげてくる。だがその態度はどこか尊大で、強烈《きょうれつ》なプライドの高さを滲《にじ》ませていた。

「うるさくしてすみません」

「ど、どうも……」

なんとなく圧倒《あっとう》されつつ頭をさげると、和輝が手にしていた携帯から着信音が流れてくる。くっきりとした眉《まゆ》を不機嫌《ふきげん》そうに寄せた彼は、軽く片手をあげて立ちあがる。背が高そうだと思ってはいたが、いざ立ちあがってみるとモデルもかくやというスタイルのよさにも驚《おどろ》いた。

「俺だ。てめ、斯波《しば》。ざっけんなよ！　夜遊びすんなっつっただろ……ああ!?」

だがなにより京が驚いたのは、携帯を耳にあてながら足早に外へと向かう彼の口の悪さだ。クールで上品そうな美形なのに、顔を歪《ゆが》めて怒鳴《どな》りつけている声の凶悪《きょうあく》さといったらない。

「相変わらず王様だなあ、和輝くん」

やかましさに気づいたのか、ひょいと顔を出したのは山下だ。穏和《おんわ》な顔に苦笑《くしょう》を浮《う》かべているけれど、強く咎《とが》めるつもりはないらしい。

「キョウさん、やかましくてすみません」

「え、と。お知りあいですか？」

わざわざ詫《わ》びてくる山下に驚くと、「本店の店員の弟さんなんですよ。まあ、身内扱《あつか》いなんですけど」と彼は言った。

「お兄さんの瀬里《せり》ちゃんはおとなしいんだけどなあ……宮上《みやがみ》兄弟、ほんとにキャラ違《ちが》う」

防音ガラスで仕切られたウェイティングスペースに出て、がんがん怒鳴っている和輝を眺《なが》めていた京は、あっけにとられながら問いかける。

「身内、ってことは、あの方も店員さんとかですか？」

「いえ。彼は現役《げんえき》の東大生です。四年だったかな」

「えっ!?」

驚いて、京はふたたび和輝のほうへと目をやった。ちょっと、というかかなり意外だ。偏見《へんけん》かもしれないけれど、日本最高の学力を誇《ほこ》る大学に通う学生というのは、なんというかもうすこし、おとなしいタイプのイメージがあった。

「あははは、見えないでしょう。ぱっと見、モデルか芸能人って感じですからね」

「はい……あ、いえ……」

思わずうなずいてしまった京を見て、山下はまた笑った。

なにより、四年ということはまだ二十二歳、場合によれば二十一歳ということになる。バーカウンターに座る姿の堂にいった感じが羨《うらや》ましい、などと思っていた京は、彼の若さに茫然《ぼうぜん》となってしまった。

「人間って、不公平ですねえ……ああいうかっこいいひとって、若くてもかっこいいんですね」

しみじみとつぶやいた京に、江上と山下は目を見あわせ、それからぷっと笑いだす。

「な、なんでしょうか」

「いやいや。羨ましがることないでしょう。キョウさんだっていけてるじゃないですか」

「……どこがですか。二十八にもなって、まともに酒の飲み方も知らないのに」

眉をひそめてつぶやくと、山下は「ひとそれぞれですから、いいじゃないですか」とますます笑った。

「それぞれって、そんなの――」

京がなにか反論しようとしたところで、厨房のほうから「店長！」と彼を呼ぶ声がした。

「はいはい。……っと、油売ってる場合じゃないな。江上さん、和輝くん戻《もど》ってきたら、ボリューム抑えろって言っておいてください」

「承《うけたまわ》りました」

じゃあ、と片手をあげた山下は、そのまま厨房へと戻っていってしまう。

「言い逃《に》げされた」

京がむくれていると、江上の低く深い声がどきりとするような言葉を発した。

「きれいな顔をしてらっしゃるんだから、自信を持っていいと思いますよ」

「え……」

そっと告げられた言葉に、京は思わず赤くなる。まさか江上にそんなふうに言われるとは予想外で、ぽかんとしたまま固まっていると、その反応すらおかしいというように彼は目を細める。

「店長の言うとおり、ひとはそれぞれですから。それに、キョウさんはひとを羨むより、羨ましがられるほうだと思います」

「や、やだな。なに言ってるんですか」

真っ赤になった顔を伏《ふ》せて、京は意味もなくグラスをいじった。とくに意味するところもない、ただの社交辞令だというのに、過剰《かじょう》に反応している自分が恥《は》ずかしかった。

「え、江上さんこそ。渋《しぶ》くて落ちついてて、かっこいいですよ」

「ありがとうございます」

京にしてみれば勇気を振《ふ》り絞《しぼ》った言葉だったのに、さらりと笑って流された。それがひどくもどかしくて、京は「本当です」とムキになったように繰り返す。

「お世辞なんかじゃないです」

「……キョウさん？」

「ぼくは、江上さんは本当に、本当にかっこいいと思ってます」

熱のはいりようが尋常《じんじょう》ではない京の様子に、江上が目を瞠った。ふだんは静かに微笑《ほほえ》んでいる彼がそうした表情を見せるのはめずらしく、京は食い入るように見つめてしまう。

あのころからずっと、自分だけのヒーローだった江上。彼のことが忘れられず、こんなところまで追いかけてきて、さりとて自分の名前すら告げることもできずにいることがもどかしくてたまらない京のまなざしは、わずかに潤《うる》んで哀切《あいせつ》なものを帯びる。

「あなたは、とても、すてきなひとです」

江上が驚いたように、かすかに顎《あご》を引いた。視線が絡《から》みあい、空気がひどく濃密《のうみつ》になった。ちいさく息を呑んだ京は、自分の放《の》った言葉がひどく意味深なものに聞こえることに気づき、はっと息を呑んだ。

そんな意味じゃない、そう訂正《ていせい》することはできなかった。

京はどうしていいのかわからず、意味もなく唇《くちびる》を開閉させる。江上もまた、いつものようにさらりと流せばいいのに、なにも言わない。

胸の奥があまく疼《うず》き、まばたきすることすらできずにじっと視線を交《か》わすふたりの間では、まるで時間が止まってしまったかのようだった。

(どうして。そんなつもりじゃなかったのに)

心拍数《しんぱくすう》が徐々《じょじょ》にあがっていき、頬《ほお》がじわじわと熱くなっていく。密度を増した気配に息苦しさを感じていると、突然《とつぜん》視界の端に誰《だれ》かの影《かげ》がはいってきた。

「あーったく！　あのばか娘《むすめ》！」

京の座る席からふたつほど離《はな》れたスツールに、和輝が乱暴に腰《こし》を下ろした。カウンターテーブルに、ばん、と叩《たた》きつけるように携帯を置いた彼の姿に呪縛《じゅばく》はほどけ、江上と京は同時に目を逸《そ》らす。

(な、なんだったんだ、いまの)

互《たが》いの目の奥で濃《こ》く強いなにかが結びあったような、不思議な感じがした。もしや、自分のことが江上に知られたのではないかと京は怯《おび》える。だがそもそもは、彼に会いにきているのはなんのためだったのかと思い直した。

いつまでも臆病《おくびょう》にずるいことをしていられるわけでもないのに。執行猶予《しっこうゆうよ》を引き延ばせば引き延ばすほどに気まずくなるのは決まっているのに――と煩悶《はんもん》していると、盛大なため息をついた和輝が地を這《は》うような声を発した。

「江上さん、なんか強いのくれる？……ああ、さっきからうるさくてホントすみません」

うんざりしたように頬杖《ほおづえ》をついた和輝に江上はうなずく。謝罪を受けた京は、「いえ」とあわててかぶりを振る。

ふたたび、和輝の携帯《けいたい》が振動《しんどう》した。今度は着信音を切っているらしい。マナーモードのそれはぶるぶると震《ふる》えながらテーブルのうえを微妙《びみょう》に滑《すべ》っているが、和輝はむっつりと目を閉じてそっぽを向いたまま、電話をとろうともしない。

「あの……着信してるようですが……」

「いいですいいです。ほっといてください」

そう言われても、ぶるぶるする携帯は気になってしかたがない。ちらちらと見ていた京は、スライドタイプの携帯画面がうえを向いていたため、着信画面が表示されているのに気づき、目を瞠《みは》った。

「……斯波、ゆかり？」

思わず声に出すと、和輝がはっとしたようにこちらを向いた。

「あ、すみません。見えてしまって」

京はあわてて謝る。「出しっぱなしにした俺が悪いんで」と彼はかぶりを振ったけれど、個人情報を見るつもりはなかったのだと恐縮《きょうしゅく》した。

「申し訳ありません、失礼なこと……ただ、昔の教え子と同じ名前だったので、つい」

和輝は頬杖をついていた手から顔を浮かせ、「え？　教え子って」と顔をしかめる。

「あ、あの。わたしは小学校の教師、やってるんです。五年前、新任のときに三年生の担任やってたんですけど、そのクラスの生徒で斯波ゆかりって子がいて……」

「マジで⁉　まさか、ちょ、それ聖上《せいじょう》学院小学校？」

和輝は声を裏返し、腰を浮《う》かせて京の隣《となり》へと移動してきた。京はその勢いに驚《おどろ》きつつ「そ、そうですけど」と顎を引いた。そして、まさかと思いつつ問いかける。

「あの、斯波ゆかりって、いま聖上中学にいってる……」

「そいつですよ！　俺は学習塾《がくしゅうじゅく》でバイトしてたんですけど、そのころの教え子です」

「え！」

京はあまりの偶然《ぐうぜん》に、ぽかんとした顔をしてしまった。だがすぐに我に返り、真剣《しんけん》な顔で和輝に問いかける。

「あの、さきほど夜遊びがどうとかひどく怒《おこ》ってらっしゃいましたが、彼女はいったい？」

「ああ……あいつ、五年生くらいのころから、繁華街《はんかがい》に出入りしてるの知ってました？」

苦い顔で京はうなずく。年齢《ねんれい》に見あわないほど発育のよかったゆかりは、高学年にあがるころにはすっかりギャル化していて、見かけるたびに何度か注意していたのだ。

「危ないっていくら言っても聞かないんすよね。頭がいいぶん変なふうにスレてるっつうか、度胸だけはあるから、いまのところ引き際《ぎわ》はわかってるみたいなんだけど……」

「しょっちゅう、連絡《れんらく》があるんですか？」

「いや、たまに相談受けるとか、こんなふうにわざと心配させようとして電話してくるだけです。あの当時でもセクハラ問題だなんだあったんで、直接会うのはやめてますけどね。淫行《いんこう》と間違《まちが》えられたら、たまったもんじゃないし」

聞けば、和輝はとっくに塾の講師をやめているらしい。それでもなついてきたゆかりを見捨てきれず、なにかあったら相談しろと個人の携帯ナンバーを教えたのだそうだ。

「そうですか……指導が行き届かず、申し訳ありません」

「いや、先生が謝ることじゃないでしょ。第一、あいつもう、卒業してんだし」

「それでも、同一校ではありますから。中等部に言ったほうが」

京が頭を抱《かか》えていると、和輝は「それはやめてくれませんか」ときっぱり言った。

「やめるって……どうして？」

「あいつんち、昔は兄貴がちょっと面倒《めんどう》だったらしくて、そっちにばっかり手をかけられたせいで拗《す》ねてるっぽいんです。家も、ちょっとごちゃついてるみたいで。だから叱《しか》ってやると、それだけでおとなしくはなるみたいなんですよ」

「兄……それ、浩志《ひろし》くんのことですか？」

「あ、そっちもご存じですか」

京は「同じ学校でしたから」とうなずいた。

ゆかりの兄、浩志は五年前当時、六年生だった。そして京は担任でもないのに、彼にずいぶんとなつかれていた。

その理由は、彼がいじめを受けていたことにはじまる。妹のゆかりは活発な美少女で気も強く友人も多かったが、浩志のほうは当時、クラスメイトからのいじめで疲《つか》れきっていた。

「ゆかりさんはすごく勘《かん》のいい子でしたけど、浩志くんはちょっとだけ、コミュニケーション能力が低かったんですよ。空気読めないっていうか、自分の言いたいことだけわーっとしゃべっちゃうタイプで」

「ああ、そういうのってガキのころは思いっきりハブられるかも」

大人であれば受け流すなり、見ないふりをすることができる程度の欠点でも、子どもゆえの正直さや素直《すなお》さはそれを許さない。ぶつかってけんかして、性格が変わるならばまだましなのだが、浩志は完全にひきこもるほうへいってしまった。

家庭訪問の際、その件でけんかをする兄妹《きょうだい》から話を聞いて、担任がなにもしてくれないと訴《うった》える浩志に同情した京は自分の時間を割《さ》き、何度も家に足を運んでは話をきいていたのだ。

ざっとその事情を話すと、和輝は「担任でもないのに？」と驚いていた。

「昔、わたしもコミュニケーションがへただったせいで、いじめられっ子だったんです。すこしでも役に立てばと思って……それに、和輝さんだってもう先生じゃないのに、ゆかりさんの面倒《めんどうみ》見てるじゃないですか」

「俺の場合は、単になりゆきっていうか、ほっとけなかっただけですが」

ちょっといやそうに顔を歪《ゆが》めた和輝に、京は「同じですよ」と笑ってみせた。クールそうに見えても、意外に面倒見がいいのかもしれない。

「浩志くんの場合、小学校でいじめられたせいか、中学に入ってからはちょっとその、素行が悪くなってしまって。ご両親も、たしかにそちらにかまけてましたから、ゆかりさんは複雑だったのかもしれません」

「んー、そうか。担任の先生まで、兄貴のほうにとられたって思ったのかも」

「……それについては、わたしの配慮《はいりょ》が足りませんでしたね」

深く反省してうなだれると、和輝が苦笑《くしょう》した。

「気にすることはないですよ。あいつ、本当の意味でばかじゃないですし。わざわざ説教してほしくて、俺に電話してくるくらいだから」

「でも、十四歳の女の子が夜遊びなんて……」

眉《まゆ》をさげた京に、和輝は「そこまで心配はいらないですよ」とあっさり言った。

「あいつは本気でばかやるまえには、SOS出してくるから。むしろ、ためこんで爆発《ばくはつ》するタイプのほうが怖《こわ》いですよ。ちょいちょいかまえってサイン出してくるだけ、健全じゃないですかね」

それはわからなくはない。未成年の暴力など過激な問題が取りざたされるようになって久しいが、ニュースになるレベルの事件を起こしてしまう子どもは、じつはふだんがおとなしく、目立たないタイプが案外多い。

「塾で教えた程度なんで、釈迦《しゃか》に説法ですけど、昔みたいに、わかりやすくグレるってのはあんまりないんですよね。ヤバいのはむしろ、ふだんは大人の期待に応《こた》える、いい子やってるほうで……」

自身がまだ学生であるからだろうか、和輝はそういう子どもたちに同情的な目をしていた。もしくは彼も、そういう経験があるのかもしれないと京は思う。

「大人の理想に自分を押しこめて鬱憤《うっぷん》ためちゃったり、いい子じゃない自分に価値観見いだせなかったりしてるのって、多いですよ。うまいことずるくやれりゃ、まだ楽なんだろうけど」

「きまじめな子ほど、追いつめられますからね。気づいてやれないこともありますし……気づいても、どうにもしてやれないこともあって」

日々、学校でも覚えるもどかしさをぽつりと京がこぼすと、和輝も真剣な顔でうなずく。だが彼はすぐに、ふっと息をついて「ま、斯波についちゃ、大丈夫《だいじょうぶ》でしょ」と明るい声を出した。

「なんだかんだで三年つきあいがありますからね。本気でやばそうだったら、わかりますよ」

「なら、いいんですけど……」

「まあ、対応する俺は、このうえなくうざいけど」

最後のひとことは心底うんざりした様子が見てとれて、京は思わず笑ってしまった。和輝が

「笑いごとじゃないですよ」と顔をしかめてグラスを口に運ぶと、氷だけになっている。

「すみません江上さん、同じの」

「あ、じゃあ、ぼくも……」

つられて、京もオーダーを追加する。ふだんならば食事を終えたところで帰るのだが、意外なところで共通項《こう》の見つかった和輝と、もうすこし話してみたかった。

彼としゃべっている間は、この店にいられるというずるい思惑《おもわく》があったのも否《いな》めない。

また江上との会話を避《さ》けられるという安心もあった。ここしばらく通いつめていたせいで、だんだんと自分の言葉の端々《はしばし》から素性《すじょう》が漏《も》れはしないかと、正直、気が気ではなかったのだ。

けれど、京が口にした追加のオーダーに、江上はかすかに眉を寄せた。

「二杯目《はい》……ですか。大丈夫ですか?」

この店に訪《おとず》れた最初の日のことを心配されているのはわかったけれども、京は「大丈夫です」と言い張った。

六つも年下の和輝が頼《たの》んでいるのは、ロックのジンだ。彼がするすると水のように飲んでいるのに、薄《うす》いカクテル一杯《いっぱい》で心配される自分のことが恥《は》ずかしく、すこし意地を張りたい気分でもあった。

「同じのを、お願いします」

重ねて言うと、江上は「かしこまりました」と言って目を伏《ふ》せる。そのまま、さきほどと同じ手順ですばやくステアし、チンザノ・カシスを満たしたグラスを京のまえへと滑《すべ》らせた。

いくらも経《た》たずに和輝のまえにもロックグラスが出され、彼は氷を揺《ゆ》らしてグラスを掲《かか》げる。

「んじゃ、偶然に乾杯《かんぱい》」

「乾杯」

かちりとグラスをあわせると、あまいけれどもさっぱりしたカクテルを喉《のど》に流しこむ。ほっと息をついて江上を見ると、大きな氷をアイスピックで削《けず》り、いくつものまるい氷を作る作業に集中しているようだった。

江上は和輝と京が会話する間中、口を挟《はさ》んではこなかった。彼は、すっと一歩引いたような位置で、完全に気配を殺している。

彼は決して存在感のない男ではない。けれどいまは、そこにいるのに、まるでいないかのような風情《ふぜい》だ。これがプロのバーテンダーなのだろうな、と京は奇妙《きみよう》な感心をしていた。

（でも、聞こえてるかもしれない……うっかりしないように、しないと）

弱めにしてくれているとはいえ、アルコールを摂取《せっしゅ》しているのはたしかだ。気が緩《ゆる》んでしまわないようにと、多少の緊張《きんちょう》を覚えつつ、京は隣《となり》の和輝と世間話を続けた。

「……じゃあ、本当に東大生なんですか？」

「ほんとにって、なんすか。詐称《さしょう》はしてませんよ」

見ます？　と学生証までよこされて、京は「うわあ」と声をあげた。

「本物の東大生、はじめて見た」

「俺は珍獣《ちんじゅう》っすか」

一見はとっつきにくそうな感じのする和輝だったが、さすがに頭がいいというか、言葉の端々に機転《き》が利いていて、いささか人見知りする京でも言葉につまることはなかった。

初対面の相手でもスムーズに話せたのは、多少アルコールの勢いもあっただろうけれど、ゆかりの件で共通の話題が見つかったこと、そして山下が彼を『身内』と言いきったために、警《けい》戒《かい》心が薄れていたせいだろう。

あれこれ話すうちにわかったことだが、和輝は大学四年。就職活動はいいのかと問えば、この春に国家公務員一種試験をすでに合格済みだという。

「一種って、じゃあ、そのうち官僚《かんりょう》に？」

「試験は楽勝だったし、官庁訪問も済んだ。いくつか民間も受けたけど、問題ない」

クールな彼はそう言って笑った。本当にエリートなんだなあ、とひたすら感心していると、和輝の置きっぱなしだった携帯《けいたい》がふたたび振動《しんどう》する。

「あ、またゆかりさんから？」

「ああ、いや。これはアラームです」

長い指で携帯を操作した彼は、「それじゃ、待ちあわせの時間なんで」と立ちあがった。京も笑って頭をさげる。

「あの、ありがとうございました。楽しかったです」

「こちらこそ。またそのうち、お会いするかもしれませんね」

それじゃあ、と長い脚《あし》で歩み去る彼に会釈《えしゃく》して、京は自分の時計を見る。

（けっこう話してたんだ）

和輝と話すうちにあっという間に時間がすぎたので気づかなかったが、すでに時刻は夜の十一時近かった。いつもよりも二時間は多く長居したことにあせって、「わ、やばい」と京は立ちあがる。

「あの、すみません。きょうはこれで帰りますね」

いつもならばそこで「またのご来店を」と穏《おだ》やかに微笑《ほほえ》むだけだ。だが、江上の反応は奇妙なものだった。

「個人情報を話しすぎですよ」

氷を削る手元から目を離《はな》さないまま、さらっとした口調で言われたため、最初は意味がわからなかった。

「……え？　あの、なにがですか」

あいまいな笑いを浮《う》かべた京に、江上はまだ視線を手元に落としたまままつけくわえた。

「バーで会った人間に、あまり無防備になりすぎないほうがいい」

忠告に、京は驚《おどろ》いた。それこそ無防備な気分でいたところに、やんわりとながら責めるような言葉を告げられ、混乱もした。

なんだか急に情けない気分になりながら、顔をしかめて反論する。

「そ、それくらいわかってます。和輝さんはここの関係者だし、たまたま教え子のことも知っていたから、それで話しただけです」

「なら、いいですが。差し出口をきいて、申し訳ございません」

江上の言葉の意味がわからない京はさきほど反論した勢いも削《そ》げてしまって、おずおずと問いかけた。

「あの、どうしてそんなことをおっしゃるんでしょうか」

「老婆心《ろうばしん》からです。ご不快にさせたなら謝ります」

慇懃《いんぎん》な言葉にも啞然《あぜん》とした。彼がひとと話すとき、相手の目を見ないでいるのはこれがはじめてのことだ。わけがわからず、なんだか急に胸がざわざわした。

(なんで？　なにか、怒《おこ》ってる？)

もしかしたら自分で気づかないうちに、なにかまずいことを話したりしたのだろうか。

はっきりしないことには帰る気分にもなれず、京がおろおろしながら上目遣《うわめづか》いで彼をうかがっていると、江上はその視線に気づいてちいさく息をついた。

「本当に、よけいなことを言いました。お気に障《さわ》ったでしょう。申し訳ありません」

「そんなことは、ないんですけど」

着地点の見えない、無意味な言葉のやりとりがもどかしい。

知らない男と口をきくな、などと、まるで子どもに対しての説教か——もしくは、嫉妬《しっと》深《ぶか》い恋人《こいびと》のようだ。そう考えて、京はひとり赤くなり、うろたえた。

(な、なにをばかなことを)

思春期の少女でもあるまいし、どう考えても意識しすぎだ。いくら自分が彼に強く執着《しゅうちゃく》しているからといって、江上まで変な方向で巻きこむなんてどうかしている。

(でも、さっき、目があったとき……)

なんとも言えない、不思議な感覚があった。絡《から》みあった視線をはずすことができず、この目に映っているのはお互《たが》いだけ、というような。

思いだしたとたん、頬《ほお》の火照《ほて》りがひどくなった。変なふうに考える自分が恥ずかしく、ありえるわけがないと必死に打ち消す京に対して江上は冷水を浴びせるような言葉を発した。

「あなたを見ていると、すこし、思いだすことがあるんです」

ぎくりと、京は表情を凍《こお》らせる。まさかと思いながら江上を食い入るように見つめると、彼は微苦笑《びくしょう》を浮かべてみせる。

「昔、無防備すぎる子どもをたしなめられなくて、後悔《こうかい》したことがあります」

「こ、ども?」

「ええ。本当に、昔の話ですが」

ばくばくと、心臓がいやなふうに脈打った。息苦しさにかすかにあえぐ喉をそっと押さえ、京は唇《くちびる》を震《ふる》わせた。

覚えている。江上は覚えているのだ。それがひどく嬉《うれ》しいような、苦しいような気分で、感情がめちゃくちゃに乱れている。

（それは、ぼくです）

ここ一カ月、封印《ふういん》してきた言葉を発することができなかったのは、伏《ふ》した瞼《まぶた》のさきにある江上の目が暗い痛みに彩《いろど》られていることを知ってしまったからだ。

後悔、哀惜《あいせき》、悔恨《かいこん》……そういった言葉で表すしかない苦さを、十八年も経《た》ってまだ彼が背負っているのだといまさらに知って、京は鳩尾《みぞおち》に氷を詰《つ》めこまれたような気分になった。

「すみません、私事でした。ただの、苦い昔話です。聞き流してください」

「……いえ」

言い訳をするような江上の言葉は、京にとって二重に苦いものだった。

いまの京は彼の私事――プライベートに踏《ふ》みこむ権利はいっさいない。そしてあの当時の京は彼にとって苦い過去でしかなく、触《ふ》れればきっとまだ、なまなましい疵《きず》として彼を苦しめる。

（ぼくは、なにがしたかったんだ）

いまのいままで、自分がなにをしようとしていたのか、本当にはわかっていなかったのだと気づいた。謝りたいだなどと、ただの自己満足でしかない。京の存在は、彼の瞼に残った疵と同じ、消えないけれども忘れたい過去でしかないのだ。

幼いころは、大きくなれば彼と対等に話ができると信じていた。

高校生になってからは、いつかきっと彼に近づける日がくると、それだけを頼《たよ》りにしていた。

そして二十八にもなり、いざ彼を目のまえにしてみると、なにひとつ縮まっていない距離《きょり》に愕然《がくぜん》とするばかりだ。

これだけ大人になっても、江上には近づけない。どころか、ずっとごまかし続け、隠《かく》し続けてきたことが、なおのこと京と彼を隔《へだ》てる結果になっている。

(もう、言えない。いまさらなにも、打ち明けることができない)

さきほどまで、アルコールにあたためられていた指のさきがひどく冷たかった。京の表情も同じくらいに青ざめたものになっていたけれど、ふだんならばめざとく顔色を見る江上はけっして顔をあげないから、気づかれることもない。

痛々しい沈黙《ちんもく》のときがすぎた。

それっきり江上は口を閉《と》ざし、京がいくら待とうとも、なんの言葉を発することもなかった。あきらめたように腰《こし》をあげ、「帰ります」と告げると「ええ」と短く答えるだけだ。

「また、きます」

「ご来店、お待ち申しあげております」

未練がましく言葉をかけても、江上は視線をあげないままだ。しばしその場に立ちすくんでいた京だけれど、無言の拒絶《きょぜつ》をみせる彼をまえにしては引き下がるしかなかった。

出口に向かい、キャッシャーのところで「あの、お勘定《かんじょう》を……」と声をかけると、明るい声が「はーい」と答えた。姿を現したのは杜森で、いつ見ても笑っているような彼はてきぱきと京からオーダーシートを受けとり、レジに打ちこんでいく。

「四千五百十五円です。……五千円お預かりいたします」

釣《つ》り銭《せん》を渡《わた》され、どうも、と京が力なく笑ってみせると、杜森がじっと見つめてくる。

「なんでしょう？」

「キョウさん、さっき江上さんと揉《も》めたでしょ」

ずばりと切りこまれ、京は言葉をなくした。どうして、と目をしばたたかせていると、彼はからりと笑ってみせる。

「だめっすよ、あれじゃ江上さん、怒っちゃいますって」

「え、え？　き、聞いてたんですか？」

いったいどこで、と京が驚いていると「んや？　なんも聞こえてねーっすけど」杜森は小首をかしげてみせる。

「でもさあ、だめじゃん？　せっかく江上さん狙《ねら》いで通ってきてたのにさあ、和輝さんに浮気《うわき》したりとかさ。妬《や》かせるにしたって、やりすぎっすよ。あれは腹立つっしょ」

「……は？」

まったく意味がわからず、京はぽかんと口を開けてしまった。その表情に、杜森は「またまた」と大きな手をひらひらさせる。

「ごまかさなくてもいいですって。みんな知ってますって」

「え、なに、知ってるって、なにを」

「ん？　だから、キョウさんってゲイでしょ？」

がん、と頭を殴《なぐ》られたような気分だった。なんで、と言いたいのに声が出ず、ぱくぱくと唇を開閉させる。一気に血の気が引き、京の細い脚《あし》が震えはじめた。

(なんで、わかったんだ)

いままで、京がそうであることを誰《だれ》かに見破られたことなどいちどもなかった。しかも、こんな無遠慮《ぶえんりょ》なやりかたで暴《あば》かれたことも、むろんない。

杜森の意図がわからず狼狽《ろうばい》していると、彼はまったく悪意のない顔で笑いかけてくる。

「でもって、江上さんが好きなんでしょ？　毎回ラブい感じでじーっと見てるじゃないすか」

「な……ち、ちが、それは」

誤解だ、それは違《ちが》う。言葉にならない京を置き去りに、杜森はまたあっさりと言ってのけた。

「だってそうじゃなきゃ、近場でもないのに一週間のうち平日に二度も三度も通ってこないっしょ？　しかも絶対、江上さんまえ定位置で。あれで狙ってないって言われるほうが変ッスよ」

「そん……そんな……ぼくは」

京は今度こそパニックになった。自分の行動がはたからはそんなふうに見えていたのだと、まるで気づいていなかった。それどころか、あまり頻繁《ひんぱん》でないつもりでいたのだ。しかも杜森の口ぶりでは、江上もまたそれをわかったうえで容認《ようにん》し――それどころか、すでにつきあっているかのような扱《あつか》いになっている。

（どうしよう、どうしよう、どうしよう）

どっと冷や汗《あせ》があふれ、心臓が乱れに乱れる。血が冷たく濁《にご》り、重たくなるかのような錯覚《さっかく》すら覚えて、京はわななく息を吐《は》き出した。

こんな形で迷惑《めいわく》をかけるつもりなどなかったのに。身体《からだ》がわなわなと震えはじめ、真っ白な顔色になった京にようやく気づいたのか、杜森が「あれ」と声を裏返した。

「わー、わー、どしたんすか。顔色真っ白」

「ど、どうしたって、きみ、きみが」

いきなりひとのセクシャリティを暴いておいて、どうしたんですかもないものだ。涙目《なみだめ》になりながら声を震わせていると、鋭《するど》いのか鈍感《どんかん》なのか理解不能な杜森は、どこまでもあっさりとしたものだった。

「あ、大丈夫《だいじょうぶ》っすよ。うちの店、ゲイ関係多いし。店長の例もあるんで」

「意味が、わからないんだけど」

「え？　あ、知らないっすか。わりと有名なんだけどなあ」

「な、なにが」

京が大混乱のままどういうことかと問えば、山下は本店であるブルーサウンド時代、いまのパートナーに足繁《あししげ》く通われアタックされ、ほだされて好きになったあげくに同棲《どうせい》までこぎつけたという話をいっさい隠していないのだそうだ。

「そんな話、ぼくにしていいんですか」

「んー？　てか、うちの店の常連になってりゃ、そのうち知ることなんで。あのひと、隠しませんからね。一葡《いちほ》さんのこと、自分の嫁《よめ》って言いきるひとなんで」

だからといって、知らない相手にまで教えていいことではないだろう。杜森の常識を疑っていると、彼はあくまで能天気に「いい話っすよね！」と笑うから、毒気が抜《ぬ》けた。

「い、いい話なのか？」

「え、だって一葡さん、マジかわいいひとなんすよね。んーと美形とかってんじゃないけど、雰囲気《ふんいき》かわいい？　そんで、すっげえ仲いいんすよ。俺も彼女か彼氏いたら、ああいうふうにつきあいてーなーとか思いますもん」

「そ、そう……」

どうやら杜森はかなり天然らしいと気づかされ、京はどっと疲《つか》れを覚えた。そして、さらっとカミングアウトされたことに気づいて、おずおずと問いかける。

「ええっと、いま、彼女か、彼氏、って言った……？」

「あ、はい。俺バイなんで」

にこー、と笑われて今度こそ京は脱力《だつりょく》する。なるほどそれでナチュラルに受けいれているのかと思いながら、力ない声で「杜森くんって、いくつ……」と問いかけた。

「俺っすか？　いま二十六っすけど」

てっきりジェネレーションギャップかと思いきや、これで、京とふたつしか違わないのか。京はぐったりしながらため息をつき、ともあれ、もっとも気になることだけは聞いておかねばと気持ちを立て直した。

「あの、いまの話は、江上さんもそう思ってるんですか」

「そうって？　どれすか？」

ん？　と小首をかしげられ、大柄《おおがら》なのに小動物めいた仕種《しぐさ》をする杜森に思わず苦笑《くしょう》する。いろいろとデリカシーのないところはあるが、基本的に憎《にく》めない相手なのだ。

「ええ、と。だから、さっきの話です。妬くだの、なんのって……杜森くんがそう思うってことは、江上さんはゲイなんですか？」

「あ、それは知りません」

さんざんこんな話をふっておいたくせに、杜森の返答はそんなものだった。肩《かた》すかしを食《く》らわされた気分で――ほんのすこし、がっかりしているような気がするけれど、それはあえて気づかぬふりをした――京が顔をしかめると、「あのひと、いろいろ謎《なぞ》なんすよね」と杜森が眉《まゆ》を寄せて口を尖《とが》らせた。

「謎?」

「ええ。うちの店ができるまえから、このテナントのバーにいたらしいんすよね。腕《うで》はたしかだけど、それ以外はなんにもわからないんす」

オープンから二年、いまいる店員はすべてその当時からのメンバーだが、店長の山下以下全員にとって、江上は謎の存在なのだという。

「彼女とか奥さんいないのはたしかなんですよね。んで仕事も超《ちょう》できるし、ふだんはめちゃくちゃ穏和《おんわ》っしょ」

信頼《しんらい》できるし誠実で、山下やオーナーからの信頼も厚く、店の重鎮《じゅうちん》的な立場にある。だがプライベートなことはひたすら謎、個人的なつきあいもほとんどしないという。

「まあ、うちの面子《メンツ》のなかでひとりだけ年がうえなんで、おいそれとは近づけないっつうか。べつにこっちのこと敬遠してる感じはないんだけど、んー……なんつうか雰囲気あるんで」

「それは、わかる気がします」

丁寧《ていねい》で穏《おだ》やかだけれど、江上の周囲にはなにか、見えない壁《かべ》のようなものが張り巡《めぐ》らされている。どれほどやさしくうちとけたように見せても、ここからさきは近寄るなと、はっきり引かれた線が見えるのだ。

自分だけではなく、誰に対してもそうだったのだと知っても、すこしも気分は晴れなかった。

江上が他人との関《かか》わりに距離《きょり》をとるようになった原因のひとつに、自分のことがあるのは間違《まちが》いがないからだ。

（本当に、なんてことをしたんだろう）

まだ幼かったころの不可抗力《ふかこうりょく》とはいえ、自分は江上からどれだけのものを奪《うば》ってしまったのだろうか。そのくせ、なに食わぬ顔で近づいて、彼のやさしい心地《ここち》よい部分だけを——それは仕事上培《つちか》ったものでしかないというのに——貪《むさぼ》ろうとしていたなんて、あさましいにもほどがある。

「目の疵《きず》のことも、いろいろ噂《うわさ》にはなってるんすけどねえ。飲み屋の用心棒やってたとか、じつはやばい筋のひとだった、とか……」

「それは、ないよ」

考えるよりさきに、反射で京は口走っていた。

「江上さんは、ひとに羞《は》じるようなことはなにもないひとだから」

きっぱりと京が否定すると、杜森は一瞬驚《いっしゅんおどろ》いた顔をして「あ、そっすよね」と自分を羞じるように頭を掻《か》いた。

「すんません、これは冗談《じょうだん》ってか……いや、冗談にしてもタチ悪いな。いや、すんません」

「……ううん」

謝るべきは杜森ではない。あの疵の原因になった京こそが詫《わ》びる立場であり、こうして江上を擁護《ようご》するようなことを言ったところで、すべては偽善《ぎぜん》でしかないのだ。

(そんなふうに言われているのも、ぜんぶぼくのせいなのに)

苦い痛みと慚愧《ざんき》が舌を刺《さ》した。京が顔をしかめて唇《くちびる》を嚙《か》みしめていると、杜森が思いもよらないことを口にした。

「でも、だからキョウさん、彼氏になっちゃったんかなあって思ったんすけどね」

「えっ……」

「なんつうかな、壁が一枚……んー、三枚くらい薄《うす》い感じだったんで。いつもの江上さんと、なんとなく空気違《ちが》うんすよ。キョウさんきた日、けっこう機嫌《きげん》いいし」

さきほどまでとはまったく違う意味で、胸が騒《さわ》いだ。どきどきと心拍数《しんぱくすう》が乱れているけれど、そこにあの冷たい濁りは感じない。

むしろ、ほんのりとくすぐったいような熱が冷えきっていた指先をまたあたためる。胸のなかで、羽化《うか》したばかりのなにかが羽ばたくような、そんな感覚に囚《とら》われて、全身が痺《しび》れた。

——江上さんが好きなんでしょ?

さきほどは血の気を失わせた杜森の言葉が不意によぎり、今度は京の全身を羞恥《しゅうち》と惑乱《わくらん》で火照《ほて》らせていく。

この身体反応には覚えがある。十代のなかばから幾度《いくど》か知った、いずれ濃《こ》くあまい情へと捕《と》らわれる寸前の予兆だ。

（そんな、ばかな）

それだけはあり得ない。必死に否定しようとする京の困惑《こんわく》も知らず、杜森は避《よ》ける暇《ひま》もないほどの勢いで、どんどん爆弾《ばくだん》を投げてくる。

「でもさっき、和輝さんとキョウさんがしゃべってるうちに、どんどん壁がこー、ぶあっつーくなってく感じだったんで、ありゃーキョウさんやらかしちゃったなーって」

「や、やらかしたって、なにを」

「いや、だってだめっしょ？　目のまえでほかの男といちゃつくとか」

いちゃつく、という言葉に眩暈《めまい》を覚える。あり得ない。そう思うのに頬《ほお》の火照りは静まらず、それどころか耳まで熱くなってきた。

「べ、べつにぼくは、だって」

あわててかぶりを振《ふ》るけれど、杜森の口は止まらなかった。

「ま、しょーがないっすよね。和輝さんイケメンだし、若いし。そりゃね、キョウさんがちょっとふらっとしたって、誰《だれ》も――」

「杜森」

その場を凍《こお》りつかせるかのような低い声がして、杜森はびくっと直立不動の体勢をとる。

「おまえはなにをサボって、いらない話をお客さまにべらべらとしてるんだ？」

「せ、瀬良チーフ……」

にっこりと微笑《ほほえ》んだ瀬良は、杜森の肩へと手をかける。すらりとした長い指が、肉に食いこむほど強く握《にぎ》られているように見えるのは、京の気のせいだろうか。

「働け」

絶対零度《れいど》の微笑みを浮《う》かべた瀬良に命じられ、「はいっ」と声をうわずらせた杜森はその場から逃《に》げ出した。大きく息をついた瀬良は、ぽかんとしている京に深く一礼する。

「うちの店員がよけいな話をして、申し訳ありません。教育が行き届いておりませんでした」

「え、あ、いえ……」

「あまり深く考えていない……というか、ただのばかの言うことなので、聞き流していただけるとありがたいのですが」

いったいどこから聞かれていたのかと戸惑《とまど》いつつ、京はあわてて手を振ってみせる。

「な、なにも不愉快《ふゆかい》なこととか、ありませんでしたから。あの、頭をあげてください」

「ですが……」

「あの、じゃあ。初日に迷惑《めいわく》をかけたので、その、それでチャラってことで」

苦笑してみせると、瀬良はようやく顔をあげてくれた。彼が手にしていたコートを受けとろうとすると、すっと背後にまわられ、肩から着せかけられる。

「じゃあ、またうかがいますから」

この日はエントランスのさき、出口のドアまで開けてみせるサービスぶりの瀬良に恐縮《きょうしゅく》しつつ軽く会釈《えしやく》すると、彼はにっこりと微笑んだ。

「いつでもお待ちいたしております。……あ、キョウさま」

「はい？」

「わたしも、江上さんはあなたがいるとき、壁が薄くなっているとは思いますよ」

なにを言えばいいのかわからずにいると、瀬良はあの優雅《ゆうが》な仕種《しぐさ》で一礼し「それでは」と京の身体《からだ》を外へと送り出してしまった。

しばらく、閉《と》ざされたドアをぼんやり眺《なが》める。ゆっくりと地上に向かう階段をのぼり終え、大混乱のいちにちだった、と京はため息をついた。

「……そんなつもりじゃ、なかったのに」

ビルの隙間《すきま》の夜空を見あげてつぶやくと、白い息が風に流れた。

じくじくと疼《うず》いている胸をおさえて、京は肩《かた》を落としたまま歩きだす。

すっかりねじれてしまった目的に、いったいこれからどうすればいいのかと考えた。

そもそも自分はなにをしにここにいるのか。

最初は恩人だと思って接触《せつしよく》した。礼を言いたい、お詫びをしたいと思いつめ、望んでもいないだろうにゆくえを探《さぐ》り当てるような真似《まね》までして、ようやく見つけて一ヵ月。

当初の目的はすでにどこかへいってしまい、ただただ江上に会いたいだけの自分を、いいかげん自覚せずにはいられない。

——キョウさんってゲイでしょ？

——江上さんが好きなんでしょ？

言い当てられて、ようやく自覚しているあたり、本当に滑稽《こっけい》だ。

思春期をすぎたあたりで自分のセクシャリティを自覚してからずっと、京が好きになるのは年上の男ばかりだった。それもひとまわりは違う相手ばかりで、高校生のころには学校の教師とそういう関係になったことすらある。

背が高く、目つきが鋭《するど》い、低い声と大きな手をした男が好きで——必死に見ないふりをしていたけれど、それが誰の面影《おもかげ》をなぞらえた『好み』であるのか、気づきたくなかっただけだ。

（偽善だ。言い訳ばっかりで）

高校からだけでも十年、あのころからは十八年。自分でもとんだ執念《しゅうねん》だと思う。

いまの京を形作ったすべての原点でもある男に再会して、どうして恋《こい》に落ちることを予測していなかったのか。

江上に対してこんな感情を持つつもりはなかったのに、いまさらどうしようもない。

（いや、嘘《うそ》だな）

見ないふりをしていただけだ。純粋《じゅんすい》な思い出だと、そう思いこみたかっただけだ。恋の予感はたしかにあって、けれど、複雑にすぎる事態に、儚《はかな》い望みを持ちたくなかっただけだ。

（調べたとか……いやがられるだけだろう）

自分が自分であると告げた瞬間《しゅんかん》、すべての可能性は潰《つい》えると、どこかでわかっていた。

――無防備すぎる子どもをたしなめられなくて、後悔《こうかい》したことがあります。

あの瞬間の江上の表情が、その予測を裏づけている。

「疲《つか》れたなあ……」

今夜は、なかなかにややこしい夜だった。

京が気づかぬままあたため続けた恋を自覚したと同時に、その可能性の芽すらも摘《つ》まれてしまったようなものだ。

冷えきった夜を歩きながら、京はじっとビル街の隙間に切り取られた夜空を見あげ続ける。

スモッグにすこし濁《にご》った夜空に、星はうっすらとしか見えない。

視界を滲《にじ》ませるなにかのせいかもしれないけれども、仰向《あおむ》いたままの京の目から、それが流れ落ちることはなかった。

＊　＊　＊

電子チャイムの音が鳴り響《ひび》き、聖上学院小学校の帰りの会の時間が終わった。

「――それじゃ明日までに宿題はちゃんとやってくるように。それから給食袋《ぶくろ》は、ちゃんと洗ってもってくるようにね」

はあい、と元気のいい声がして、起立、礼、先生さよーなら、の大合唱だ。

「連絡《れんらく》ノートをおうちのひとに見せてね」

「はーい。先生さよならー」

「さようなら」

京は手にしていたプリントをまとめ、教科書類を抱《かか》えて教室を出た。

その脇《わき》をすり抜《ぬ》け、外で遊ぶために弾丸《だんがん》のように走っていく子ども、教室に残ってともだちと話をする子ども、それぞれの放課後がはじまる。

きゃっきゃと元気のいい声を聞いていると、それだけでほっと頰がゆるんでくる。京が受け持つ二年生の子どもたちは、まだまだ幼いぶんだけ素直《すなお》で——むろんなかには問題行動を起こす子もいなくはないけれど、やんちゃを注意すればすむ程度のレベルだ。

恵《めぐ》まれてるな、としみじみ思う。このご時世、京が受け持っている子どもたちと同じような年代でも、学級崩壊《ほうかい》を起こしたという話はよく耳にする。むしろ近年では、理を説けば納得《なっとく》し、理性の制御《せいぎょ》がきくようになる高学年より、まだ幼児性の強い低学年のほうが問題が起きやすい傾向《けいこう》が見受けられる。

モンスターペアレンツ、などという言葉もすっかり一般《いっぱん》化し、小学校教諭《きょうゆ》と告げただけで、即時《そくじ》に「大変だね」と言われることもままあるけれど、京の勤める聖上学院小学校は、幸いにして新任以来そこまでの問題が見つかったことはない。

（とはいえ、ちっちゃくいじめだなんだは、あるんだけど）

できるだけ平等にという教育を施《ほどこ》したところで、絶対的な特性というものがある。成績のいい子、身体能力にすぐれた子、のんびりしているけれどやさしい子——十人十色の個性があれば、軋轢《あつれき》もあるし衝突《しょうとつ》もあって当然だ。

デリケートな子どもたちをまえにしていると、本当に悩《なや》むこともある。同時にその逞《たくま》しさやパワフルさに圧倒《あっとう》したり、感動したりということも多い。

（責任重大だ）

それでも、すこしでもなにかの助けになれればと思って選んだ道を、後悔してはいない。

職員室に戻《もど》った京は、この日行った小テストの採点をし、毎日の報告を書いて交換《こうかん》する連絡ノートをチェックした。三十人ぶん、保護者のコメントつきのそれを読むだけでもけっこう大変だ。

それでも子どもたちが懸命《けんめい》に書いた報告を見落としたくはない。集中していた京は、向かいの席に戻ってきた六年生担任の教諭が声をかけてくるまで、時間を忘れきっていた。

「大貫先生、まだやっていかれるんですか？」

「え？　わ、こんな時間……」

窓の外を見ると、すっかりあたりは暗くなっている。時計を見れば六時をまわっていて、京は驚《おどろ》いた。

「課外学習、とっくに終わってますよ。最近、あまり持ち帰りなさらないんですね。一時期は、さっさとあがってたのに」

「あ、はは……冬休みも近いので、いろいろ片づけないとと思って」

指摘《してき》にどきりとして、京はあいまいに笑ってごまかした。適当に口にした言い訳に「それもそうよね」とうなずかれてほっとした。

どうにかチェックを終えたノートを引き出しにしまい、帰り支度《じたく》をした京はコートと鞄《かばん》を手に立ちあがる。

「遅《おそ》くなりますし、帰りますね」

「はあい、お疲れさまでした」

中学受験対策の教本を読む先輩《せんぱい》教師は、顔をあげないままに手をひらひらと振《ふ》ってみせる。彼女はさきほどまで、個別の課外学習と、受験のプレッシャーに悩む子どもたちへの簡単なカウンセリングをしてきたばかりだ。

(高学年は高学年で、大変そうだ)

相手がいる限り、いずれの学年でも簡単だということはない。お疲れさまです、と目礼して、京は職員室を出た。

駅までの道はすっかり冬模様だった。雨や雪もごめんだが、晴れた日は乾《かわ》いた風の冷たさがことのほか染《し》みる。

「さむ……っ」

コートにマフラーの完全装備で、京は手袋《てぶくろ》をした手をこすりあわせた。

（きょうの夕飯、どうしようかな……）

京の住むマンションまでは、学校から電車で二駅。駅前で適当にすませるかと考え、もう近《きん》隣《りん》の食事どころは食べつくしてしまったことにため息が出る。

「……クク・エ・タルカリ、食べたいなあ」

アフガニスタンの野菜オムレツを山下アレンジにした一品は、たっぷりのほうれんそうとジャガイモを使っているのにえぐみはいっさいなく、ターメリックの香《かお》りが食欲《しょくよく》をそそる。

「チャー・カー・タン・ロンでもいいなあ」

表面はぱりぱり、なかはふっくらした口当たりの白身魚のソテーを思いだすと口のなかに唾《つば》がわいてくる。

だがそれを味わうことはしばらくないのだと思うと、京の薄《うす》い肩《かた》はがっくりと落ちた。

「いけない、よなあ……」

京はこの一週間、アークティックブルーにいっていない。そうなってみてはじめて、自分がどれほど頻々《ひんぴん》とあの店へ足を運んでいたのかがよくわかった。

適当な間隔《かんかく》を開けて、などと考えていたのは自分だけで、よく考えてみると多いときには週に四回は江上の顔を見にいっていたのだ。

それは杜森に下心があると思われて当然だろう。夢中になっていて、まったく自制できていなかった自分が恥《は》ずかしい。

（しばらく、頭冷やさなきゃ……）

けれど正直なところ、そのしばらくというのが、いったいいつまでかを決めかねている。

いっそこのまま、いかないほうがいいのだろうか。十年かけて捜《さが》したひとをあきらめるべきなのか――迷いながら、結局身動きがとれずに一週間も経《た》ってしまった。

「はあ……」

重苦しいため息をついた京のうしろから、自転車のベルが鳴らされる音がした。道をよけろということかと思い、通学路のはしに身を寄せた京の耳に、またもやベルの音が聞こえた。

「……んせい、先生！　先生ってば、ねえ！」

「え？」

まだ不安定さを残した若く低い声に京が振り返ると、車道と歩道の狭間《はざま》、自転車を漕《こ》ぐ、制服姿の高校生のシルエットが浮《う》かんでいた。

街灯からすこし離《はな》れた位置にいるため、顔がはっきりと見えない。とっぷりと暮れた夜の道、情けないことに京は一瞬《いっしゅん》怯《ひる》んだ。

「だ、誰《だれ》？」

とっさに身がまえて鞄を胸に抱える。警戒心《けいかい》もあらわに顔の見えない相手を睨《にら》むと、暗がりにいた彼は自転車を降り、ハンドルをもったまま声をかけてくる。

「あ、わかんないですか？　俺です、斯波浩志」

「えっ、浩志くん!?」

京は声を裏返し、急いですらりとしたシルエットに近寄る。彼は自転車のスタンドを立てて路肩《ろかた》に停《と》めると、小走りに近づいてきて、はにかんだように笑ってみせた。

「おひさしぶりです」

「うわ、ほんとだね。ひさしぶり……っていうか、何年ぶりかな」

近づいてみると、たしかにゆかりの兄、斯波浩志だった。つい先日名前を聞いたばかりのもと生徒の姿に、京はすごい偶然《ぐうぜん》だと驚いた。

「背が伸《の》びたね！　ぜんぜんわからなかった」

「あはは、高校に入ってから二十センチくらい伸びました」

かつては自分の胸ほどしかなかった少年は、すっかりこちらを見おろすまでに成長している。中学一年までの記憶《きおく》しかなかった京には、ぱっと見てもわからないのは道理だった。

しかも、よく見ると浩志はなかなか整った顔をしていた。髪型《かみがた》もいまどきの高校生、といったしゃれたカットになっている。表情は明るく、まるで別人のような姿が喜ばしく、京はにっこりと微笑《ほほえ》んだ。

「いい男に育ったね。もうすっかり大人って感じだなあ。いま、高校二年だっけ?」

「はい。もうAOで推薦《すいせん》入試の対策もはじまってます」

「そう! そんな時期なんだ」

一時期はひどいいじめにあい、不登校になったり素行不良を繰《く》り返していた彼は、中学の二年にあがったあたりでぱたりと落ちついた。

「あのころ、先生にはほんとにお世話になりました。感謝してます」

「なにが。たいしたことしてないよ」

「たいしたことです。俺……あのころ京先生に会えなかったら、どうなってたかわからないから。毎日話、しにきてくれて、中学にあがってからも、相手してくれて」

「そんなことも、あったね」

なつかしいな、と京は微笑む。

「違《ちが》う学年で、しかも担任でもないのに親身になってくれて……妹には、あたしの先生なのにっていろいろ言われたけど」

「はは。ゆかりさんらしい」

自己主張のはっきりした妹と、おとなしい兄。好対照ではあるけれど、浩志にとって才気煥《さいきかん》発《ぱつ》なゆかりはコンプレックスの種でもあった。浩志自身、頭はいい子だったと京は思っているけれど、内気さゆえにそれを活《い》かす場がなく、彼も苦しかったのだ。

「それで、きょうはどうしたの？　きみの高校、こっちじゃないだろ」

「先生に会いにきたんです」

「……わざわざ？」

「大学の推薦、面接あったんですけど、かなりいい感じで手応《てごた》えもあった。それもぜんぶ、先生のおかげだから」

京は胸がじんとした。教師という仕事は常に送り出す側で、成長期を走り抜《ぬ》ける子どもたちには振り返られることもすくない。しかも、もう何年もまえにほんの一時期、相談に乗っただけの浩志から、そこまで慕《した》われているとは思ってもみなかった。

「あ……ありがとう。そんなこと、言ってもらえるなんて……」

このところ自分のことで頭がいっぱいで、しかも自己嫌悪《けんお》に陥《おちい》るようなことばかりだった京にとっては、ひどく嬉《うれ》しいできごとだった。

(すこしは、誰かのためになってたんだな)

胸がつまって、目が潤《うる》む。この仕事を選んでよかったと感動していた京をまえにして、浩志はなぜか落ちつかない様子だった。

「どうしたの？」

「えっと。先生は好きなひとはいますか」

浩志の突然《とつぜん》の問いに、京はわけがわからず目をしばたたかせた。

「ど、どうしたのいったい」

笑いながら問い返したけれど、浩志からの返事はない。ただじっとこちらを凝視《ぎょうし》するような気配に、京はなぜか気圧《けお》され、二、三歩あとじさった。

距離《きょり》を開けたぶんだけ、浩志は足を踏《ふ》みだしてくる。もと生徒相手に逃《に》げるような真似《まね》をするのもおかしいのだが、彼の放つ熱量のようなものがひどく濃《こ》くて、本能的に京は警戒心を覚えた。

(なんだ、これ)

身に覚えのある空気に背筋がひやりとする。まさかそんなはずはないと思いながらも、じりじりと後退するうちに、街灯から遠ざかった。ますます浩志の表情が読めなくなり、なのに彼がこちらに向ける視線だけは、まるで質量をもっているかのようにはっきりとしている。

京の緊張《きんちょう》は、否応《いやおう》なしに高まった。

「なに、浩志くん。言いたいことがあるなら、はっきり言いなさい」

あえて先生口調で告げたのに、彼はその防御《ぼうぎょ》をやすやすと乗り越《こ》え、言い放った。

「いないなら、俺とつきあってほしい」

京はこの暗がりで、反射的に歪《ゆが》んだ顔が見られていないといい、と思った。そして、いらぬ予想が当たったことに対しての落胆《らくたん》にも似たものを覚えた。

（やっぱりか）

残念ながらきゃしゃで女顔だったおかげで、この手の告白は学生時代からあとを絶《た》たなかった。京自身、自分が同性を相手に恋《こい》をするタイプだと自覚もしているし、それ自体には嫌悪の感情などあるわけはない。

問題なのは、相手がまだ十代で、かつては生徒だったということだ。目のまえにいる青年は、もう『男』と呼ぶほうがふさわしいほどの体格をしているし、こちらを見る視線の強さに、はっきりと性的な欲望《よくぼう》をまじえた感情を持っていることも感じられる。

けれど京のなかでは、浩志はいつまで経ってもあの、いじめられて泣いていた小学生のままなのだ。

「浩志くん、落ちついてほしい。きみはまだ若いし、なにか誤解を」

「誤解なんかじゃない。あのころからずっと好きだった。けど、子どもだから相手にされないと思って、ただ見てるしかできなかった」

「あのころって、いつ」

「最初に会ったころから。初恋《はつこい》だったんだ。……中学に入ってグレたのだって、先生のせいだ」

「……なに？　どういうこと」

聞き捨てならないことを口にされ、京は顔をしかめた。浩志はまた一歩まえに進み、京はそのぶんだけうしろにさがる。

「だって先生、俺がいじめられなくなって、中学にあがったら会いにきてくれなくなったじゃないか」

「……そんな理由で？」

「うん」

こくりとうなずく仕種《しぐさ》はどこか幼い。それなのにこちらへと押し寄せる気配はあきらかに雄《おす》としか言いようがないから、京は混乱してしまう。

「本当は、十八歳になるまで告白は我慢《がまん》しようと思ってた。そうじゃないと先生が淫行《いんこう》とか言われちゃうし」

ちょっと待て、告白成就《じょうじゅ》するのが前提なのか。雑《ま》ぜ返そうにもできるような雰囲気《ふんいき》ではなく、京はただただ茫然《ぼうぜん》とする。

「大学に合格して、それからって。でも、急がなきゃいけなくなった」

「い、急がなきゃってなに」

「先生、西麻布のバーにいってるだろ。なんで？　いままでならあんなとこ、絶対いかない場所じゃないか。……恋人でもできたのかと思った」

ひゅっと京は息を呑《の》んだ。すっと血の気が引き、さきほどまで覚えていた警戒心《けいかいしん》などとは較《くら》べものにならない、じんわりとした不快感がこみあげてくる。

「バーとか。あんなところ、先生には似合わないと思うし、いくのやめてよ」

京の学校は西麻布とはほど遠い。ましてや、あの界隈《かいわい》は高校生が「ちょっとそこまで」といくような場所ではない。それをなぜ、浩志が知っていると言うのだろう。

強烈《きょうれつ》な違和感《いわかん》を覚えつつ、京は慎重《しんちょう》に言葉を探した。

「……和輝さんから、なにか聞いたの？」

「和輝？　ああ、ゆかりの塾《じゅく》の先生か。知らないよ。なんで？」

不思議そうに浩志は問いかけてくる。和輝自身と彼のつながりはないらしい。じゃあ、なんで先生がそこにいたことを、きみは知ってるの。そう問いかけようとして、京はなぜか口にできなかった。なにかとんでもないやぶ蛇《へび》になりそうな、そんな予感がしたからだ。

「通りかかって、見かけでもした？　もしかして、夜遊びでもしてたのか」

浩志は無言のまま、答えなかった。沈黙《ちんもく》の意味を深く考えることを、京は拒否《きょひ》した。

「いい？　浩志くん。子どもがいくような場所じゃないからね？」

「……すみません。ちょっと、興味があったから」

たしなめると、素直《すなお》に謝罪する。ばつの悪そうな気配ともそもそと白状するさまに、どうやらかまをかけたのは浩志のほうだったのだと安堵《あんど》する。

（そうだよな。相手のこと調べあげるなんて、そんなこと……ふつうは、するわけがない）

自分ではあるまいし。自嘲《じちょう》の嗤《わら》いを漏《も》らした京は、ふっと息をついて声色《こわいろ》をあらためた。

「あのね。気持ちは嬉しい。でもやっぱりきみとつきあうとかなんとかは、考えられない」

「俺が、男だから？」

「違う。きみが生徒だから。そして、子どもだから」

「歳の差は、どうしようもないじゃないか。俺だって、そのうち大人になるし」

「ごめん。年下には興味がないんだ」

残酷《ざんこく》だとは思いながらもきっぱりと京は告げた。恋愛沙汰《れんあいざた》において、ふる側があいまいな言葉で情けをかけても、むしろつらいだけなのだ。中途半端《ちゅうとはんぱ》にするくらいなら、はっきりと切ってやったほうがいい。

「きついこと言うようだけど、ぼくは浩志くんを生徒としてしか見られない」

「……そっか」

広い肩《かた》を落とし、うなだれる浩志の姿は哀《かな》しげだった。見ているだけでつらくなるその様子に、京は目を伏《ふ》せる。

「帰りなさい」

「はい……」

浩志の肩をたたいてそう告げると、彼は驚《おどろ》くほどにおとなしく去っていく。うなだれた後ろ姿に罪悪感はこみあげるけれども、無意味な同情は却《かえ》って残酷なだけだ。

「元気で。受験、がんばってね」

こく、とうなずいた浩志は振《ふ》り返ることもせず、自転車にまたがった。去っていく彼を見送って、京はすっかり冷えてしまった身体《からだ》を震《ふる》わせる。

（ふるのも、つらいな）

恋愛ばかりはむずかしい。誰《だれ》が悪いわけでもないけれど、必ず傷つく人間がいる。恋心を抱《いだ》いて報《むく》われないのもつらいが、情はあっても恋ができないと知るほうもまた、つらいのだ。

なんだか体力と気力をごっそり削《けず》られた気がする。

（それにしても、本当に唐突《とうとつ》だったな）

もう何年も彼には会っていなかったというのに、いきなりの告白だ。よほど思いつめた末のことか、それとも西麻布で京を見かけたことが、なにかの引き金になったのか。

頭のなかをクエスチョンマークでいっぱいにしながら歩いていた京は、大通りに近づいたところではたと気づいた。

目に飛びこんできたのは街路樹に絡《から》んだ電飾《でんしょく》と、ショップウインドウに飾《かざ》られた赤と白のファッションをした恰腹《かっぷく》のいい白鬚《しろひげ》のキャラクター人形。

（もしかして、クリスマス近いから、か？）

考えてみればこの日は十二月二十二日、日本では恋人同士がもっとも盛りあがるイベントとされているイブまで、あと二日だ。若い彼はムードに流されて告白しにきたのかもしれない。

引き際《ぎわ》が妙《みょう》にあっさりしていた浩志の言動は、いささかどころではなく謎《なぞ》だったのだが、ノリと勢いだったのだとすればうなずける。

それが同性の、十も年上の相手にというのはかなり高いハードルにも思えるけれど、若さゆえの情熱は、ひとを短絡的《たんらく》で衝動的《しょうどう》な行動に駆《か》り立てることもままある。

京自身がそうだったように。自嘲に唇《くちびる》をゆがめ、京は白く凝《こ》ったため息を夜空に溶《と》かした。

（いや、ぼくよりは浩志くんのほうがぜんぜん、健全だろうな）

浩志は、ひとまず話は聞いてくれた。もしかしたら、拒絶《きょぜつ》されたことで思考停止状態だったのかもしれないが、あのまま熱が冷えてくれることを祈《いの》るばかりだ。

いずれにせよ京は、浩志の気持ちに応《こた》えることができない。だとすれば、若い彼の気が一刻も早く変わってくれることを願うしかない。

（でも、そうか。あの子が、ひとを好きになるようになったのか）

まだ幼くて、手足もひょろりとしていたいじめられっこの浩志を覚えているだけに、子どもの成長は早いなあ、というのがいちばんの感想だった。

予想外の告白に面くらったけれど、極力冷静にふるまえたと思う。それは彼に言ったとおり、相手をかつての教え子として以外、見ることができなかったからだ。

（あのひとも、そう思うのかな）

ふっと自分に置き換《か》えてみて、せつなくなった。

浩志と京の年齢《ねんれい》差は十一歳、京と江上の年齢差は十歳。江上からすると、いまの京ですら、まだまだ子どもにしか思えないのかもしれない。事実そう思っているからこそ、忠告めいたことまで彼は口にしたのだろう。

（好きだ、なんて気づかなければよかった）

浩志のようにぶつかって砕《くだ》ける度胸はない。拒絶が怖《こわ》いのも本音ではあるが、とにかくもうこれ以上、江上に対して迷惑《めいわく》をかけたくない、そんな一心からだ。

あとさき考えず、まっすぐにぶつかることのできる若さが羨《うらや》ましい。

ほんの一カ月ほどまえまでは、無駄《むだ》な行動力で進んでいけたけれど、江上を知れば知るほどに、京は臆病《おくびょう》になってしまった。

複雑さを増した事態が自業自得《じごう》だとわかってはいても、つらいものはつらい。

背中がひどく寒く感じて、京は足早に駅へと向かった。

＊　＊　＊

京が浩志から唐突な告白を受けてから、四日が経《た》った。

クリスマスが終わると同時に、街の装いは年越《としこ》しムードへと変化した。

京の勤める聖上学院小学校は二十三日から冬休みへと突入《とつにゅう》したけれど、先生側はこどもたちとまったく同じ日程で休みになるわけではない。補習授業に家庭訪問、事務処理に来学期の下準備。片づけなければならない仕事はいくらでもある。

正月休みは民間企業《きぎょう》などに較べると比較的《ひかくてき》長めにもらえているほうだが、休み中の子どもたちが羽目を外さないよう当番制で夜回りをするなど、オフもけっして暇《ひま》ではない。

実家からは、年越しはこちらにくるのか、という連絡《れんらく》がはいった。

京はいま職場の近くにマンションを借りているけれど、実家からもけっして通えないほどの距離《きょり》ではない。いまの住まいと京の実家は電車で三十分ほどしか離《はな》れておらず、いつでも会えるという油断が足を遠のかせている。

むろん、わざわざひとり暮らしをするには、それなりの理由もあった。

京は大学に進学したばかりのころ、自身の抱《かか》えた秘密に耐《た》えきれず、セクシャリティについてカミングアウトしている。むろん両親はショックを受けたし、口論になって揉《も》めるようなことも何度かあったが、何度も話しあい、物理的な距離をとることでお互《たが》いを冷静に見ることができるようになった。

京は三兄弟の末っ子で、長男、次男とかなり歳が離れている。当然、両親はかなりの年齢になっており、彼らの年代を考えると、ゲイの息子《むすこ》を持った親としては、破格の理解をしめしてくれていると思う。

積極的な容認《ようにん》ではないけれど、なにごともなかったかのようにそっとしておいてくれるし、それなりの交流もある。かつてのできごとを思えば、過干渉《かかんしょう》にならずにいてくれたのは、心底ありがたい話だ。

けれど、京がいま関《かか》わっている——そして この十日ばかり逃《に》げたままでいる『彼』についてのことを知られたら、どうなるだろうか。

(どうしようかな)

マンションの自室、リビングの床《ゆか》に転がったまま、京はぼんやりと考える。

学校が冬休みにはいって三日め、この日はカレンダー通りの休日で、出勤はない。

このところの疲《つか》れで遅寝《おそね》をしたあと、掃除《そうじ》と洗濯《せんたく》をすませた京は、持ち帰りの仕事をする気力もないまま、ぼうっとしていた。

時刻は午後の四時をまわった。マンションのベランダの向こう、日はすっかり暮れている。

頭のなかをめぐるのは、やはり江上のことばかりだ。しかしいくらシミュレーションしてみたところで、彼の内心がわかるはずもない。

——なんとなく空気違《ちが》うんすよ。キョウさんきた日、けっこう機嫌《きげん》いいし。

——わたしも、江上さんはあなたがいるとき、壁《かべ》が薄《うす》くなっているとは思いますよ。

杜森や瀬良はそう言うけれど、あくまで相対評価でしかない。江上の堅牢《けんろう》な壁は京に対しても確実に存在するし、京自身、すべてをさらけ出しているわけでもない。

江上のことを本当に思うのならば、どちらが最善だろう。なにも言わずこのまま京が消えるほうがいいのか。それとも、いまさらながら自分の過去を、彼の壁を作る要因になっていたことを明かすべきなのか。

——無防備すぎる子どもをたしなめられなくて、後悔《こうかい》したことがあります。

あの瞬間《しゅんかん》を思いだすと、鳩尾《みぞおち》がいやなふうに痛くなる。誰かの手のひらでぐうっと押されたような圧迫感《あっぱくかん》。それは結局、京自身の後悔と罪悪感の塊《かたまり》なのだろう。

自分がなにをしたかったのか、それはすっかり見失った。では、誰のために、なにをするべきなのだろうか。

煩悶《はんもん》しながら、京はいまできることだけを考える。とはいえ、いま残されている道はふたつだけだ。

押すか、引くか。選択《せんたく》を迷う心は一秒ごとにその結論を変え、すこしも定まらない。

ぼんやりした目でじっと天井《てんじょう》を眺《なが》めていた京は、ぎゅっと目をつぶった。その瞬間、脳裏《のうり》によみがえる声があった。

——ばかになるんじゃないかってくらいに考えて、ごちゃごちゃになったなら、勘《かん》に従え。

——ぱっと浮《う》かんだ答えがいちばん正しかったりする。反射的に身体《からだ》が勝手に動くんだ。そういうときは……なんだろうな、これだ、って自分がわかるから、わかる。

いまよりもずっと若い『彼』の声だった。長い年月や——自分が勝手に封印《ふういん》してしまった記《き》憶《おく》にも負けず、京の心の指針になり続けてきたその言葉に、いまは従おう。

京はむくりと起きあがった。だらだらと寝《ね》ていたせいで寝癖《ねぐせ》のついた髪《かみ》を整え、外出用の服に着替《きが》えてコートを羽織る。

向かうさきはむろん、彼のいるあの店だった。

理由のない衝動に突《つ》き動かされた京が、店にたどり着いてみると、まだ開店準備をしているところだった。時計を確認すると時刻は六時五分まえ。

「あれっ、キョウさん。ちょっとおひさしぶりっすね」

「あ、ど、どうも」

店のまえで掃《は》き掃除をしていた杜森がにこやかに話しかけてくる。たかが十日来店していなかっただけで「ひさしぶり」と言われてしまうことに微妙《びみょう》な恥《は》ずかしさを感じた。

「あの、早すぎましたか」

「いいっすよ、もうあとちょっとだし。どうぞどうぞ」

掃除も終わったという杜森が「道具持ったままですんません」と笑いながら、先導して階段を降りていく。掃除も風が強い日だったので、念のためのチェックということだったらしく、店はすでにオープン準備が整っていた。

しかし店内にはいったとたん、いつもならばすぐに目にはいる位置にいる彼がいないことに京は戸惑《とまど》った。

「あの、江上さんは？」

カウンターに江上の姿はなく、代わりのようにまだ若そうな青年が立っている。どうして、と隣《となり》にいる杜森を仰《あお》ぎ見れば、彼はけろりと言った。

「あー、残念。土日は遅番《おそばん》なんですよ」

「えっ……」

いままで平日の仕事帰りにしか訪《おとず》れたことがなかったため、江上のシフトのことなど、まったく知らなかった京は、その言葉に肩《かた》を落としてしまった。

この店の営業時間は夕方から早朝まで、デイタイムは完全にクローズしている。週末ともなると、六本木あたりから流れてきて遅《おそ》くまで飲み、江上の酒を愉《たの》しみにしている客も多いため、彼は夜も深い時間のシフトに集中しているのだそうだ。

「あの、遅番って何時から」

「きょうは八時からっすね。あと二時間ってとこか」

食事をとるにしても、ひとりでそれだけの時間をつぶすのはむずかしい。そもそも衝動的《しょうどう》に家を出たときには、江上の顔を見ることしか考えていなかったため、京はどうすればいいのか途方《とほう》に暮れた。

「どうなさいます？　そのころもういちどいらっしゃいますか？」

「あ、いえ……いいです。食事、したいので」

「いいんすか？」

京の言葉に杜森が目をまるくする。気遣《きづか》うようにじっと見つめられ、京は「いいんです」と力なく笑った。

いったん、外で時間をつぶしてまた来店するという方法もないわけではないけれど、先日も杜森や瀬良に、江上目当てなのだろうとほのめかされたばかりだ。そこまであからさまな真似《まね》はしたくない。

杜森も京の微苦笑《びくしょう》になにかを悟《さと》ったのだろう。犬のようなくるりとした目を動かして、明るく笑ってみせる。

「えっとじゃあ、お席はテーブルになさいますか？　いまなら座りたい放題ですから」

「あは。そうですね、たまには」

ではこちらに、と掃除道具を片づけた彼に先導され、テーブル席に座る。ふたり席のそこにははじめて腰《こし》を落ち着けたけれど、隣席《りんせき》との間に軽いドレープの布が垂らされていて、個室感覚でくつろげた。

先日江上に勧《すす》められたチンザノ・カシスと、ババ・マサック・トマットという豚肉《ぶたにく》のトマト煮込《にこ》みを注文する。

空《す》いている時間だったためか、もともと煮込み料理で用意ができていたからか、京が注文をしてから十分かそこらで食事が運ばれてきた。

インドネシア料理をアレンジしたこれも、非常に美味ではあったのだけれど、ひとりもくもくと食べるせいか、いつもよりも味気なかった。

(早く食べて、帰ろう)

肩すかしを食《く》らったむなしさに、ふだん食べるよりも速いスピードで皿のうえのものは片づいていったけれど、気になったのはチンザノ・カシスだ。

(味が、濃《こ》いな)

カシスのあまさとベルモットの香《かお》りが強すぎて、微妙にこの料理に使われているスパイスとはあわない気がした。

江上が作ってくれたカクテルと同じものならばよいかと思ったのだが、ひとくちめをすすったときに、喉《のど》に感じた刺激《しげき》もずっと強かった。考えてみると彼はあのとき「ソーダを多めにした」と言っていたし、もっと薄い状態にしてくれていたのだろう。

これでは子ども扱《あつか》いされるわけだと、京は情けなく感じてため息をつく。とたんに食欲《しょくよく》も失《う》せてしまい、八割方を食べ終えたところでカトラリーを置いた。

「……あれ？　もうお帰りですか」

カクテルで流しこむように料理を胃につめこんだため、来店してからまだ三十分程度しか経《た》っていなかった。それでもひとり食事をするむなしさに席を立った京に、たまたまフロアを歩いていた山下がめざとく声をかけてくる。

「ええ、ごちそうさまでした」

「もうすこし、いらしては……」

その言葉に、山下も京が江上を目当てにきていることを知っているのだと気づく。

山下は本店時代、通いつめてきた常連客をパートナーにしていることを隠《かく》していないという。

そんな相手から、いまの自分はどう見えているのだろう。愚《ぐ》にもつかないことを考え、京は微妙な笑《え》みを浮かべた。

「いいんです。あまり食欲もなくて……あっ、とてもおいしかったんですけど」

作った本人に失礼だったとあわてれば、彼は「胃袋《いぶくろ》の調子もありますから」と鷹揚《おうよう》に笑ってくれた。手が空いているからと会計を店長みずからしてくれて、なんとなく恐縮《きょうしゅく》する。

「きょうは、空いてましたね」

「早い時間でしたし、クリスマスも終わりましたからね。きのうまでは大騒《おおさわ》ぎでしたけど……といってもこれからまた、忘年会《ぼうねんかい》と新年会のシーズンですんで、大忙《おおいそが》しです。八時からは忘年会の団体さまが予約されているので」

八時という時間に一瞬《いっしゅん》どきりとしたけれど、京は「そうですか」と微笑《ほほえ》むだけに留《とど》めた。

「ごちそうさまでした。それじゃ」

「またのご来店、お待ちしております」

穏《おだ》やかに送り出されて、京は店をあとにした。外に出るといっそう冷えこみが厳しく感じ、コートの襟《えり》を摑《つか》んでうつむいたまま歩きだす。

細い身体を包むむなしさが、よりいっそう寒さを感じさせるのかもしれない。思い立ったはいいものの空振《からぶ》りに終わったことで完全に出鼻をくじかれ、もう本当にこの店にはこられないかもしれない、と落ちこんだ。

(だいたい、きてどうしようっていうんだ、ぼくは)

今夜の江上の不在は、今度こそ、今度こそと思うばかりでなにもしなかったツケがまわってきたのだとしか思えない。ひどくダウナーな気分のまま、のろのろと人気《ひとけ》のない通りを歩いていた京は、背後から追ってくる足音には気づけなかった。

「先生」

突然《とつぜん》声をかけられ、京はびくっと震《ふる》えて立ち止まった。聞き覚えのある声にまさかと思いながら振《ふ》り返ると、そこには私服姿の斯波浩志がいる。

「……なんで?」

京は警戒《けいかい》した表情を取り繕《つくろ》うことができなかった。思いつめたような顔でじっとこちらを眺《なが》める彼の顔は、このいまがけっして偶然《ぐうぜん》などではないと教えている。

「なんで、はこっちだよ。どうしてまた、ここにくるの? わざわざ?」

切迫《せっぱく》したような声で問いつめてくる浩志の姿に、尋常《じんじょう》ではないものを感じたからだ。

そして先日覚えた違和感《いわかん》の理由が、はっきりとわかった。

——通りかかって、見かけでもした? もしかして、夜遊びでもしてたのか。

問いかけたあのとき、内心ではそんなわけがないことくらい気づいていた。

アークティックブルーは、大通りからすこし奥まった位置にあり、この店にたどり着くまでの細い道にはビルが建ち並んでいる。大抵《たいてい》はマンションかテナントビルで、この時間まで営業しているショップなどはないため、いささか寂《さび》しい通りだ。

こんな場所に、近隣《きんりん》に住まうわけでも近くの高校に通うわけでもない浩志が、そうそう訪れるわけがない。

「どうしてこんなところまで、つけてきたの？」

「俺、こんなところ先生に似合わないって言ったじゃん。どうして言うこと聞いてくれないんだよ」

嚙《か》みあわない会話がひどくおそろしかった。あとをつけたことを浩志が否定しなかったのもやはりショックだった。

「先生、最近おかしいよ。いつもお酒なんか飲まないのに。なんで？」

いつも。どうしてそれをきみが知っているんだ。そう問いつめることなどとてもできなかった。怖《こわ》い答えが返ってくることは明白だったからだ。

「ええ、と。話をしたいなら、どこか……スタバにでもいく？」

乾《かわ》いた口腔《こうこう》をどうにか動かした京は顎《あご》を引き、なるべく相手を刺激しないために、あからさまに身がまえたりしないように注意を払《はら》った。

こういうときの男は相手の怯《おび》えや警戒を過敏《かびん》に感じとる。なにが引き金になるか、わからないのだ。だが浩志は、不服そうな顔でかぶりを振った。

「コーヒー飲みたい気分じゃないし。なんでって訊《き》いてるのに、なんで答えないんだよ」

「それはきみもだろう。どうして先生のことつけまわしたりするんだ」

「好きって言ったじゃん」

それがすべての答えだと言わんばかりの浩志に、今度こそ京は震えた。

「この間、断ったよね」

浩志は答えなかった。ただずいずいと距離《きょり》を詰《つ》め、「ねえなんで」と京を睨《にら》む。

「先生、先週はずっと家に帰っただろ。もう夜遊びやめたと思ったから告ったのに」

「……毎日、つけてたのか」

「昔は俺のこと心配してくれたのに、高校にはいってからは一回も顔見にきてくれないし。それでも、俺もガキだからなって我慢《がまん》してたのに、なんなんだよ」

「なんでつけまわすような真似《まね》、するんだ？　それじゃストーカーじゃないか」

「つけまわすとかしてないじゃん。心配で、ときどき様子見にいってただけじゃん。先生だって中学のころ、俺にしてくれたじゃん」

これでは小学生のときと同じだ、自分に都合の悪い言葉は聞かずに主張だけを押しつけてくる。けれど言葉の端々《はしばし》に違和感があり、京はじっと浩志を見つめる。

めた。

「関係ねえし」

「受験のことで、なにか思いつめてでもいるのか？」

「受験？　なに言ってんの。この間、推薦《すいせん》の面接あったって言ったじゃないか」

「じゃあ、おうちでなにかいやなことでもあった？」

浩志の頬《ほお》がびくっと痙攣《けいれん》した。じっと見つめていると、落ちつかない様子で目を泳がせはじめる。

「……なんのこと。親とか、関係ねえし」

やはりか、と京は彼をじっと見つめた。

――家も、ちょっとごちゃついてるみたいで。

和輝がぼやいたあの言葉、あれが斯波兄妹《きょうだい》の素行不良や、唐突《とうとつ》な告白劇の理由なのだろう。

「ゆかりさんも最近、出歩いてるみたいだね」

「関係ねえっつってんじゃん！」

浩志は吠《ほ》えたけれど、すこしも怖くはなかった。どこか怯えたような気配が目の奥に滲《にじ》んでいて、京は眉《まゆ》をひそめる。

「あのね浩志くん、もうきみも高校生だからわかるだろう。ぼくがやさしくしてあげても、きみがいま抱《かか》えてる問題はなにも解決しないよ」

「だから、問題とかべつにねえって！　俺、先生が好きだっつってるだけだろ！」

「じゃあ、どうしてもっと早く、告白してこなかった？　小学校にまでできたのはなんで？　逃《に》げ場がほしかったんじゃないの？」

つらかった昔、親身になってくれた相手へ頼《たよ》りたくて、けれど素直《すなお》にそうすることもできなくて、思いつめた末に感情がねじれたのではないのか。静かにそう諭《さと》すと、浩志は歯ぎしりをした。

「なんだよ！　大人ぶってそうやって。好きだっつってるのに、なんではぐらかすんだよっ」

「ちょっ……」

摑みかかろうとする浩志をとっさにさけると、彼は血走った目で睨みつけてくる。説得に失敗したことを悟《さと》り、京は思わずあとじさった。

「やっぱり。先生もそうやって、俺のこと面倒《めんどう》だと思ってんだろ」

「面倒とか、そんな――」

「うっせえよもう、しのごの言わないでやらせろよ！」

叫《さけ》んだ浩志に、もう言葉が届く状態ではないと悟った京は逃げ出した。けれど緊張《きんちょう》にもつれた足はうまく動かず、路地に駆《か》けこもうとしたところで腕《うで》を摑まれた。

（しまったっ……）

ビルの壁《かべ》へと乱暴に背中をたたきつけられ、痛みに息が詰まった。もがいて抵抗《ていこう》すると、浩志の右手で両手を摑まれて頭上に押さえつけられ、もう片方の手が悲鳴をあげようとした口をふさいでくる。

「！」

「おとなしくしろよ」

興奮にか怒《いか》りにか、浩志はぜいぜいと息を荒《あら》らげている。暗がりに追いこまれ、口を大きな手のひらが覆《おお》うこの状況《じょうきょう》に、京はびくっと身体《からだ》を強《こわ》ばらせ、目を見開いた。

——おい、誰《だれ》か口ふさげ！

——くそ、暴れんなよ、ガキが！　殴《なぐ》られたいのか！

脳裏《のうり》によぎる、十八年まえの恐怖《きょうふ》。なまなましい記憶《きおく》がよみがえった京は、全身を硬直《こうちょく》させた。呼吸が苦しくなり、どっと噴《ふ》きだした冷や汗《あせ》が肌《はだ》を濡《ぬ》らす。

「んんん——!!」

恐慌《きょうこう》状態に陥《おちい》った京は、闇雲《やみくも》にもがいて身をよじり、浩志の脚《あし》を何度も蹴《け》りつけた。突然暴れ出した京に彼もまた目をつりあげる。

「うわっ、痛《いて》っ……なんだよ、ふざけんな！」

一瞬《いっしゅん》口を押さえた手がはずれた。反撃《はんげき》に怯《ひる》んだ浩志へと体当たりした京は、よろけた隙《すき》に逃げようとした。けれど、すぐに捕《つか》まって平手で頬を張られ、襟首《えりくび》を掴《つか》んで突《つ》き飛ばされる。

揉《も》みあったはずみにコートの袖《そで》が破れ、ボタンが飛んだ。それでも必死に抵抗していると、浩志がまるで泣き出す寸前のような声で言った。

「ちょっと、ねえ。本気で怒《おこ》らせんなよ。……ねえ、先生、俺殴ったりしたくないんだから！」

「冗談《じょうだん》じゃ、ないっ……誰か、だっ……！」

叫ぼうとした口をふたたび浩志の手がふさいでくる。暴れて息があがったぶん、さらに呼吸が苦しくなった。ぶんぶんとかぶりを振って逃《のが》れようとするのに、ぴったりと貼《は》りついた手のひらは離《はな》れてくれず、本気で酸欠になりそうになる。

目がかすみ、眩暈《めまい》すらしてきた。このまま意識を失いでもすれば、激昂《げきこう》した浩志になにをされるかわからない。

真っ青になってもがいていた京は、浩志の背中ごしに人影《ひとかげ》を見つけた。彼は京を取り押さえるのに必死で、偶然通りかかった誰かには気づいていない。

（助けて）

どうか、気づいてくれ。そう思いつめる京の視界に、徐々《じょじょ》に近づいてくる男の姿がくっきりと映った。

「……！」

相手もまた、揉みあう京と浩志に気づいた。ぎょっと目を瞠《みは》る彼の顔を見て、京もまた驚《おどろ》く。

（和輝さん⁉）

先日、ゆかりの話をした彼が、ゆかりの兄と揉めている最中に通りかかったのは天の配剤《はいざい》かもしれない。もはや京の自由になるのはまばたきのみで、視線で助けを請《こ》うた。

だが、和輝はこちらへと駆けよったりはしなかった。ふいと視線を逸《そ》らし、小走りに駆けていってしまう。

京は愕然《がくぜん》としたまま、その姿を見送るしかなかった。嘘《うそ》だろう、と京は顔色をなくした。

（えっ……？）

クールそうな男だと思っていたが、彼がゆかりに対しては親身になっていたことを知っている。まさかこんな場面でひとを見捨てるような真似《まね》をするとは思わず、失望と絶望が一気に襲《おそ》いかかってきて、全身から力が抜《ぬ》けていく。

「……先生？　もうあきらめた？」

ぐったりと壁によりかかった京に、浩志がまだ興奮を隠《かく》せない、けれど妙《みょう》にやさしげな猫《ねこ》なで声で話しかけてくる。なにか、いろいろと身勝手なことを言っていた気がするけれど、京の耳にはほとんど聞こえてはこない。

（なんで、こんなことに）

衝動《しょうどう》に身を任せた結果がこれでは、本当に自分の勘《かん》というのはあてにならないものだとしか言えない。京の口から手が離されても、もう声を出す気力もなかった。

「先生、いいよね……？」

顎《あご》を強引《ごういん》に摑まれ顔をあげさせられ、ごくりと喉《のど》を鳴らした浩志の顔が近づいてくる。もうどうでもいい、とひどく投げやりな気分になった京は目を閉じた。

「……わあっ！」

次の瞬間《しゅんかん》、きつく腕を摑んでいた拘束《こうそく》がほどけ、急な衝撃《しょうげき》に京の身体は地面に崩《くず》れ落ちそうになる。それを支えてくれたのは、思いもよらない人物だった。

「大丈夫《だいじょうぶ》ですか」

「え、……?」

そこにいたのは、さきほど走って逃げたはずの和輝だった。かすれた声で京が「どうして」と問うより早く、浩志の悲鳴があがった。

「い、痛い！　痛いよ！」

「だったら暴れるのはやめなさい。腕を痛めますよ」

見れば、地面に倒《たお》れた浩志を取り押さえ、腕をねじりあげている江上の姿がある。いったいなにがどうなっているのかと目を白黒させていると、よろけた身体を和輝の長い腕がふたたび捕まえてくれた。

「大丈夫?」

「あ、あり……」

礼を言おうとした舌がもつれ、自分が話せないことに京は驚く。ほっとしたとたん、全身ががくがくと震《ふる》えはじめ、和輝は顔をしかめた。

「江上さん。俺、このひと、店に連れてくから。そっち、おとなしくなったら引っぱってきてもらえますか」

江上は浩志から目を離さないまま、「わかりました」と低い押し殺したような声で答えた。京がなにか言おうとするよりも早く、ぼろぼろになった身体を支える和輝が背中を押してくる。

「話はあと。ひとまず落ちつこう」

六つも年下の彼になだめるような声を出され、情けなく思いながらもうなずくほかになにもできない。よろよろと歩きだした京は、いまさらになって殴られた頬《ほお》が疼《うず》くのを感じていた。


はじめてこの店を訪《おとず》れたときと同じ休憩室《きゅうけい》にとおされた京は、ついてきた和輝が我がもの顔で備えつけの冷蔵庫をあさるのを、茫然《ぼうぜん》と眺《なが》めていた。

店の裏口から和輝に連れられるまま、ここにたどり着いてしまったが、瀬良にも山下にも顔をあわせていない。果たして勝手にはいっていいのだろうか。和輝は身内扱《あつか》いだからいいのか。

突っ立ったまま逡巡《しゅんじゅん》していると、振《ふ》り返った和輝が顎をしゃくる。

「ぼーっとしてないで、座ったら。あととりあえず、これでも飲んどけよ」

ぽいと投げられたのはペットボトルのジュースだ。マジックで『杜森！』と大きく書かれているそれに、いいのかと視線で問えば「あとで金払《はら》えばいいでしょ」と彼はあっさり告げる。

「震えてるし、あったかいののほうがいいんだろうけど、口切れてるんじゃどっちにしろ飲めないだろ」

言われて口元をさわってみると、ごわついた感触《かんしょく》がする。ぶたれたときのものか、揉みあったときのものかはわからないけれど、傷ついているのはたしかだ。軽く唾《つば》を飲みこんでみると口のなかにじわりと鉄さびのような味が拡《ひろ》がった。

「い、ただきます」

まだうまく話せないまま、ひとまず手近な椅子《いす》に腰《こし》かける。ペットボトルの蓋《ふた》を開けようとするけれど手が震えてうまくできない。見かねた和輝がため息をついてそれを奪《うば》い、蓋を開けてから京へと戻《もど》す。

ごくごくと喉を鳴らした。ふだんならばひどくあまく感じるはずのジュースを口にしても、すこしも味がわからない。それでも人心地《ひとごこち》ついて、ほっと息をついた京は「どうしてですか」と問いかけた。

「なんでさっき、見てたのに……」

自分で助けようとか思わなかったのか。京の声は震え、かすかになじるような響《ひび》きが混じった。動じる様子もなく、和輝はまたあっさりと、見捨てて逃《に》げたわけではなく、アークティックブルーに救援《きゅうえん》を呼びにいったのだと言った。

「悪いけど、俺、肉体派じゃないから。厄介《やっかい》ごと好きじゃないし、適材適所だろ」

あまりにも平然としているので、いっそ毒気が抜かれてしまった。ため息をついた京は、どっと疲《つか》れを覚えて椅子の背に寄りかかった。

「いま、団体客きてるから山下さんたちはこられないけど、しばらくいていいって言われてるから」

「ああ、そう……」

和輝の声にうなずきかけた京は、団体客という言葉にはっとなった。

「そうだ、忘年会《ぼうねんかい》！　え、江上さん、あんなことしてる場合じゃないんじゃ」

「問題ありません。もともと団体向けの場合は、サポートの加藤《かとう》といっしょですから」

うろたえた声をあげる京の言葉を遮《さえぎ》るように、低いつぶやきが聞こえた。はっとしてそちらを見ると、江上がしおれておとなしくなった浩志を伴《ともな》い、その場に立っていた。

「先生、あの」

さきほどまでとは違《ちが》い、おどおどした様子で浩志は京を上目遣《うわめづか》いに見つめてくる。反射的に怯《おび》え、びくりと身体《からだ》を震わせた京に、彼は傷ついた顔をした。その表情には、さきほどのような狂的《きょうてき》な高ぶりはなく、憑《つ》き物が落ちたような様子に京はすこしだけ自分を立て直す。

しょげたような目をする浩志は、京のよく知る、すこし過敏《かびん》で神経質な少年そのものだ。腕《うで》を摑《つか》み、気配で彼を制する江上を横目にちらちらと眺める姿は、かつて励《はげ》まし、叱《しか》り、立ち直ってくれと告げたころの浩志となんら変わっていない。

「浩志くん、あの――」

にわかに職業意識がよみがえり、なにか声をかけてやらねばと京が口を開きかけたところで、隣《となり》から「あ？」と剣呑《けんのん》な声がした。

「おい、ひょっとしておまえ斯波の兄貴か」

きつい声を発したのは和輝だった。どうやらさきほどは暗がりだったのと、ばたついていたため、京を襲ったのが浩志だったと気づいていなかったようだ。それは浩志も同じようで、和輝のしかめた顔を驚いたように見やったあと、ぎくっと硬直《こうちょく》してしまう。

「おまえ、ばかか？　家が大変なときに、なにやってんだ。んなとこで昔の先生襲ってないで、妹の面倒《めんどう》ちゃんと見ろ」

「あ、あんたになんで、そんなこと」

「てめえがしっかりしねえから、俺がいつまでも斯波の兄貴役から降りらんねえんだろ。逃げまわってねえで、ちゃんと現実見ろよ」

冷ややかな声で叱責《しっせき》する和輝に、浩志は彼を睨《にら》みつける。だが恨《うら》みがましい目つきもいっさい取りあわず、和輝はなおも言った。

「おまえ、妹にきらわれるだけじゃなく、本気で軽蔑《けいべつ》されたいのか？」

「ゆかりは関係ないだろっ」

「関係あんだよ。あいつがセクハラで悩《なや》んでんのは昔っからだろうが。それで兄貴のてめえがやったことはなんなんだ。逃げてねえで、このひとのことちゃんと見ろ」

横柄《おうへい》に顎をしゃくった和輝の示したもの——ぼろぼろになった京の姿を見て、浩志はぐっと唇《くちびる》を嚙《か》みしめた。みるみるうちにその目には涙《なみだ》がたまり、京は思わず腰を浮《う》かしかける。

だが和輝は京の肩《かた》を摑み、立ちあがることを許さなかった。

「泣くんじゃねえよ、ぼけ。だいたい好きになった相手怯えさせて、自分からきらわれそうなことしてどうすんだよ。高校生にもなって、んなこともわかんねえのかよ」

「だって……俺……っ」

「鬱陶《うっとう》しい、あまえんな。っつうかあまえる相手とあまえかた間違えんな。若気の至りってやつの気持ちはわかんないじゃないけど、てめえのやったことは最悪だ」

「ご……めん、なさい……」

容赦《ようしゃ》のない和輝の言葉に、浩志はぽろぽろと涙をこぼし、泣きだしてしまった。京は「もう、そのへんで」と言いかけたけれど、冷ややかな目にじろりと見られて黙《だま》らされた。

思わずすがるように江上を見るけれど、彼もまたいっさいの感情が読めない無表情のままで、京は困り果ててうつむくしかなかった。

「誰《だれ》に謝ってんだ、おまえは」

「ごめっ……」

「俺に叱られて、怖《こわ》くてべそかいてんなら最悪だぞ」

「違う！　先生、ごめんなさい！　ただ、俺、お、おれ……っ」

ぐすぐすと洟《はな》をすすりながら不明瞭《ふめいりょう》な声で叫《さけ》ぶ彼に、京はたまらなくなった。和輝を見あげ、手を離《はな》してくれるようにと視線で告げると、顔を歪《ゆが》めた彼は鼻を鳴らして京を解放する。

京は立ちあがり、もうすこしも怖くない、幼い素顔《すがお》を見せた彼へと近づいた。江上はぴくりと眉《まゆ》を動かしたけれど、なにを言うこともなく、ただ浩志の腕を掴んだ手だけは離さなかった。

「どうして、あんなことしたの？」

「い、家、めちゃくちゃで。か、か、母さんが五年前に再婚《さいこん》したんだ、けど、……そいつが、ゆ、ゆかりに変なこと、しようとして」

唇を震わせた浩志は、誰にもはき出せないままだったことを奔流《ほんりゅう》のように告白した。

義父となった男は、数年まえから発育のいいゆかりに目をつけていたこと。幸い妹は気が強く、大騒《おおさわ》ぎして義父の虐待行為《ぎゃくたいこうい》をはねつけ、逃げまわってもいたけれど不安そうだったこと。自分のことで手一杯《ていっぱい》で護《まも》ってくれない兄や、男の言いなりになる母親に対しての反発がすごく、家のなかは常にぎすぎすしていたこと。

「母さん、あいつがきてからずっと、変になった。ゆかりにも我慢《がまん》しろって、そんなの変なのに……俺がなにか言うと、出て行けってそればっかりで」

何度も家庭訪問までしたのに、再婚家庭だということはまるで知らなかった。ゆかりの反発や夜遊びも、浩志の中学時代の素行不良やコミュニケーション不全も、もしかしたら複雑な家庭環境《かんきょう》のせいでエスカレートしていたのかもしれない。

「そうか。……気づけなくてごめんね」

何度も相談に乗ったつもりだったのに、根本的な原因まで聞き出すことができずにいた。自分は彼を指導したつもりで、本当に表面しか見ていなかったのだと気づき、京は自責の念に駆《か》られる。だが詫《わ》びる言葉を、浩志はかぶりを振って「違う」と言った。

「は、恥《は》ずかしくてこんなの、言えなかった。でも、先生は、なにも知らなくてもずっと、やさしかった。もう先生しかいなくて、だからっ……」

妹は防波堤《ぼうはてい》になってくれない兄を見限り、家族はばらばらだった。唯一《ゆいいつ》、浩志にやさしくしてくれた京にずっと相談したい、話したいと思ううちに、思いつめた気持ちがねじまがってしまったのだろう。

「あの、ばか……んなことあったなら、言えっつうのに」

和輝もまた、ひどく苦い顔をしていた。肝心《かんじん》の悩みについて口をつぐむのは、どうやら斯波兄妹《きょうだい》に共通のようだ。

「今度、ゆかりさんとも話をしよう。相談に乗るし」

京はそこでちらりと和輝を見た。彼もうなずき「俺からも話す」と重い声で告げる。

「ようやく、夜遊びの理由もわかったし、なんだったら児童相談所に話すって手も――」

「それは、待ってください」

京の制止に、和輝は「なんで」と目を見開いた。

「浩志くんは、大学の推薦《すいせん》入試を受ける予定なんです。家のことが問題になったら、受験にさし支《つか》えるかもしれない」

浩志は京の言葉にびくっと震《ふる》えた。すがるような目を向けられたのはわかったけれど、いま京が対峙《たいじ》すべきなのは、腑《ふ》に落ちないといった顔をする和輝だった。

「んなこと言ってる場合じゃないだろ。大学なんて自分で勉強して受かりゃいい話だ」

「そんな簡単な話じゃないんです」

東大ストレート、国家公務員一種試験も楽勝と言ってのける彼ならば、自分の力ひとつを頼《たの》みにすることなど当然と言うだろう。けれど誰も彼もが、そう強くはいられないのだ。

「厳しい話をしますけれど、推薦入学した生徒がドロップアウトした場合、その後、同じ高校からくる生徒たちへも厳しい評価がつく。むろんOBにも影響《えいきょう》が出る」

推薦入試の場合、本人の能力や適性、素行以外に、家庭環境も重要視される。家のトラブルが原因で荒《あ》れた生徒となったり、金銭的な事情などで中退や除籍《じょせき》などになったりすれば、推薦した側の落ち度と見なされかねない。

「浩志くんの推薦が取り消されでもしたら、人生に関《かか》わる問題です。なにより、ゆかりさん自身にとってもとてもデリケートな問題なんです。一気呵成《いっきかせい》に片づけるんじゃなく、まずは親御《おやご》さんと、本人たちと話してからの話だと思います。わたしもできる限りのことはしますから」

「……先生ってのは、ほんとにめんどくさいことに気を遣《つか》うんだな」

あきれたようにため息をついたけれど、和輝は納得《なっとく》してくれたらしい。

「わかった。ひとまずあのばか娘召喚《むすめしょうかん》して、話する。ついでにおい、おまえ。妹と、もっとちゃんと話せ」

和輝はつかつかと、江上に捕《つか》まえられている浩志に歩み寄り、襟首《えりくび》を摑むや「いくぞ」と強《ごう》引《いん》に引っぱった。

「えっ、え?」

「えっじゃねえ。俺がわざわざ今夜の予定変更《へんこう》して、兄妹まとめて説教してやるっつってんだから、さっさとこい!」

「ちょっと、ちょっと待って、ぼくも」

いらいらと怒鳴《どな》りつけ、状況《じょうきょう》を把握《はあく》しきれていない浩志を連行していく和輝を制しようとした京は、振《ふ》り返った彼にじろりと睨まれて言葉をなくした。

「先生はまず、自分をどうにかしろよ。あんたいま、他人をかまってられる状態じゃないだろ。つうか、怪我《けが》してんの口だけじゃないし」

「あ……」

言われて見おろした自分の姿は、控《ひか》えめに言ってもぼろぼろだ。服は破れてよれよれだし、和輝の言うとおり、唇だけではなく手の甲《こう》にも擦過傷《さっかしょう》がある。腕《うで》をあげるとずきりと肩と背中が痛み、揉《も》みあったときに打ち身もいくつかこしらえているだろうことはわかった。

「じゃ、江上さん、あとはよろしく」

「わかりました」

不遜《ふそん》な態度で言いきった和輝は、まだぽかんとしている浩志を引きずり、休憩室《きゅうけい》から出て行った。残された京は唖然《あぜん》としたまま立ちつくしていたけれど、不意に頬《ほお》へと触《ふ》れた指にびくりとする。

はっと振り仰《あお》いださきには、目をなかば閉じてじっと京を見つめる江上の姿がある。

「あ、あの、江上さんにもご迷惑《めいわく》を、おかけして……」

浮かべた作り笑いは、無言の彼のまえですぐに壊《こわ》れてしまった。江上は軽くその疵痕《きずあと》を指でなぞったあと「口を開けてください」と鋭《するど》い声で告げる。

抗《あらが》うことを許さない気配に、京は素直《すなお》に口を開いた。軽く口の端《はし》を引っぱられ「痛……」とうめくと、江上は眉をきつくひそめる。

「なかも切れてますね。あとで腫《は》れるかもしれない」

口腔《こうこう》を検分する視線に耐《た》えきれずに、京は目を伏《ふ》せた。唇《くちびる》に触れられていること、自分の粘《ねん》膜《まく》を覗《のぞ》かれていることが、怪我をたしかめるためだとわかっているのに恥ずかしい。

「熱が出ていませんか」

「えっ」

「頬が熱い。顔も赤いようですから」

その言葉に、動揺《どうよう》が顔に出ているとは思わなかった京はますます赤くなった。「へ、平気ですから」と江上の手をやんわり押し戻《もど》すと、彼は京が意地を張っていると思ったのか、いささか機嫌《きげん》を害したような低い声で言った。

「打撲《だぼく》はあまく見ないほうがいい。あとになってひどく痛むこともあるんです。殴《なぐ》られ慣れていないなら、なおのことだ」

それはあなたの経験からか。思わず問いかけそうになって、京は唇をきつく噛《か》み、いらぬ質問をしそうな自分の口をふさいだ。

江上はそんな京の、肩《かた》のほつれたコートをちらりと眺《なが》め、感情の読めない声を発する。

「ひとまず、手当てをしましょう。それから着替《きが》えもお貸しします」

「え……着替えなんか、あるんですか」

「家に戻れば」

さらりとつけくわえた言葉に目をあげると、強いまなざしと真っ向からぶつかった。大きく胸が高鳴り、京は知らず息を呑《の》む。

「店の裏手に、わたしの家があります。そちらにいったんいきます」

誘《さそ》うでもなく、了承《りょうしょう》をとるでもない。ただ、こうと決めたのだと断言され、京は呑まれたようにうなずくしかなかった。

＊　＊　＊

江上の自宅は、アークティックブルーの裏手にある、マンションの三階にあった。

いかにも男のひとり暮らし、といった感じのモノの少ない部屋。通されたリビングは軽く二十畳《じょう》はあるだろう。引き戸が開け放たれたままの隣室《りんしつ》もまたかなりの広さだが、ちらりと見えた限りではベッドと本棚《ほんだな》くらいしか置かれていない。

リビングの端、壁《かべ》に寄せてかなり使いこまれた布張りのソファがぽつんと置いてあり、手前には木製のローテーブルがひとつ。対面に座る人間は想定されていないようで、それがよけいに殺風景な印象を持たせていた。

寒々しい光景と、ひとが不在にしていたとおぼしき部屋の冷えこみに、京はぶるりと震えた。それを見てとった江上は「いま、暖房《だんぼう》をつけますから」と壁面《へきめん》に設置されたリモコンパネルを操作する。

ソファの正面、反対側の壁際《かべぎわ》には、大型テレビとテレビラックに、ＤＶＤ再生機。娯楽《ごらく》品らしいのはそれくらいで、ほかに部屋を飾《かざ》るものはなにもない。

「ずいぶん、広いんですね」

なにを言えばいいのかわからないままつぶやくと、江上は「そうですね」と言った。

「前オーナーが引退したあと、ここを譲《ゆず》っていただいたんですが、持てあましています」

「前オーナー、というと？」

「アークティックブルーがオープンするまえは、あの場所は古くからあるショットバーだったんです。わたしはそちらに勤めていたんですが、オーナーが引退されて店舗《てんぽ》を売却《ばいきゃく》された際に、現オーナーの曾我《そが》さんに気にいられて、そのまま雇《やと》っていただきました」

「そうだったんですか」

知らなかった、と目を瞠《みは》った京に、江上は表情を変えないまま「ひとまず、それは脱《ぬ》いで」と京のコートを視線で示した。

「あ、すみません。失礼を……」

あわててコートを脱ぐと、思った以上にひどい状態だった。肩の部分は完全にほつれ、半分くらい取れそうになっているし、壁にこすれたとおぼしき背中も生地《きじ》が傷《いた》んでしまっている。なかに着こんでいたボタンダウンのシャツも、前身頃《まえみごろ》から数カ所のボタンがはじけ飛び、ひどく引っぱられたせいで型くずれを起こし、ひと目でなにごとか起きたとわかる状態だし、インナーシャツも襟《えり》のあたりが伸《の》びきっていた。

(これじゃ、こっそり連れてこられるわけだ)

公共の交通機関を使ったら奇異《きい》の目で見られるのは間違《まちが》いない。

「ひとまず手当てをしますから、そちらにどうぞ」

さきほど目にはいった大ぶりのソファへ座るよううながされた。近づいてみると、年代物ではあるだろうけれども高級そうなソファで、泥《どろ》や埃《ほこり》で汚《よご》れたボトムで座るのがためらわれる。

部屋の隅《すみ》にあったラックから救急箱を手に戻ってきた江上は、京が腰《こし》をおろそうとしない様子を見て顔をしかめた。

「なにをしているんですか、早く座ってください」

「は、はい」

ようやく表情が動いた江上だったが、思いきり機嫌の悪そうな気配に京はあたふたしながら腰をおろした。

強引に迫《せま》られたための擦過傷は、服に同じく京が把握しているよりもひどかった。とくに、ビルの壁に押さえつけられたとき、コンクリートの壁でこすれた手の甲は一面真っ赤にすりむけていて、江上は顔をしかめながら消毒液を吹《ふ》きかける。

「い、いた……」

「我慢《がまん》してください」

うめいたとたん、ぴしゃりと言われる。はじめて聞くようなきつい響《ひび》きの声に、京は首をすくめて上目遣《うわめづか》いに彼をうかがった。

江上は手の甲に軟膏《なんこう》を塗《ぬ》り、範囲《はんい》が広いために絆創膏《ばんそうこう》では追いつかないと、いつかのように丁寧《ていねい》な手つきで包帯を京の手へと巻きつけはじめた。

「あの、怒《おこ》ってらっしゃるんですよね」

おずおずと問いかければ、江上は取り繕《つくろ》うでもなく「ええ」と肯定《こうてい》する。

それも当然の話だろう。隣《となり》に座った彼はといえば、まだ制服のままだ。団体客が来店すると言われていたこの夜、貴重な戦力である彼がこんなことをしていていいのかと京は眉《まゆ》をさげる。

「すみません。毎度毎度、ご迷惑ばかりおかけして……たいしたことはないですから、あとは自分でできますし、江上さんはお店に戻って」

「なにを言ってるんですか」

包帯を巻いていた江上は、京の言葉にあきれかえったように顔をあげた。

「なにをって、お仕事のじゃまをしてしまって、それが申し訳ないと」

「そう思うなら、こうもしょっちゅう危なっかしい目に遭《あ》わないでください。そもそも、無防備にしていてはいけないと忠告したでしょう」

叱《しか》りつけるように言われ、京は目をまるくした。

「でも、まさか教え子になんて、い……！」

先日忠告された状況《じょうきょう》と、この日起きたことでは質が違《ちが》いすぎる。そう言おうとしたとたん、京の口の端《はし》へと消毒液を染《し》みこませた脱脂綿《だっしめん》が押しつけられた。

「口を閉じていないと沁《し》みますよ」

さきに言ってくれと思いながら涙目《なみだめ》で江上を睨《にら》むと、彼はそこにはさきほどとは違う種類の軟膏を塗りつけ、「これは馬油ですから、口に入っても大丈夫《だいじょうぶ》です」と言って絆創膏を貼《は》りつけた。頬《ほお》やそのほかの擦過傷《さっかしょう》も手当てされたあと、江上は無表情に「服をめくって」と言った。

「えっ？　べつに背中に、怪我《けが》はないと」

「コートがあれだけすれているんです。いまはアドレナリンが出て痛みが麻痺《まひ》していると思いますが、打ち身になっているのは間違いないですから」

早く、と事務的に言われ、京は羞《は》じらう自分のほうがおかしいのだろうと気づく。

（そう、だよな。ふつうは同性相手に、意識するほうがおかしい）

江上の淡々《たんたん》とした様子に、わずかに胸を痛めながらボタンダウンシャツを脱ぎ、インナーのカットソーをめくりあげる。

「……ひどいですね。明日には痣《あざ》になりますよ」

そっと江上の指が触《ふ》れた。京はびくっと震《ふる》えたけれど、彼の指がひどく冷たいせいだと内心で言い訳をする。けれど口を開けば、発した声は完全にうわずっていた。

「そ、……そんなにひどいですか？」

「ええ、それから血が出ているところもある」

言われてみれば、妙《みょう》にちくちくと痛む。衣服越《ご》しではあったが激しく叩《たた》きつけられたため、そこもすりむいていたらしい。背中の打ち身には湿布《しっぷ》を、傷は消毒して軟膏を塗られ、ここにも絆創膏を貼られた。

肩《かた》をすくめている京の背後でてきぱきと手当てをしていた江上は、しばしの沈黙《ちんもく》のあとに口を開いた。

「教え子、とおっしゃいましたが、彼が子どもだったのは昔のことです。十七歳にもなれば、立派に男ですよ」

「でも」

「そうでなければ、あなたがこんなに怪我をすることにはならなかった。違いますか」

たしなめる口調に京はなにも言えなくなった。薬を塗りおえたのだろう、数ヵ所に大ぶりの絆創膏を貼りつけた江上は、そろりとした手つきで京のめくれていたカットソーをおろしながら、さらに言った。

「あなたも男性だから警戒心《けいかいしん》が足りないのかもしれないけれど、いろんな人間がいるんです」

「それは、わかってます」

「どこがです？　本当にわかっていたら、こんなことにならなかったんじゃないですか」

「で、でも浩志くんには、彼なりの理由があって、暴走しただけのことで」

淡々としているけれど、機嫌《きげん》の悪さを滲《にじ》ませた声で叱責《しっせき》されるのはつらかった。京は反射的に浩志を庇《かば》おうとしたけれど、続く江上の言葉には震えあがった。

「暴走ですか。たまたま和輝さんが通りかかったからよかったけれど、そうでなかったら彼の暴走は止まったと思いますか」

答えることはできず、京はうつむいて唇《くちびる》を嚙《か》みしめる。

「彼も彼で事情があり、追いつめられていたことは理解できます。けれど、一歩間違えたら、というところをお忘れにならないほうがいい」

いまの状況が幸運のなせる技《わざ》だということくらい、本当は充分《じゅうぶん》身に染みていた。泣《な》き崩《くず》れる浩志を見て、とても責めることはできないと感じたのも本心だったが、京が怖《こわ》くて痛い思いをしたのもまた事実なのだ。

——おとなしくしろよ。

——ねえ、先生、俺殴《なぐ》ったりしたくないんだから！

二度、手のひらで口をふさがれた。あの感触《かんしょく》はまだ残っていて、思いだせば息苦しさまでもがよみがえってくる。

パワーのある大型エアコンのおかげで、部屋はすでにあたたまりはじめている。それなのに、手当てが終わり、江上が手を離《はな》そうとしたとき、京の手は上下にぶれるほどに震えていた。

「震えるほど怖かったんですか」

「すみませ……」

指摘《してき》されたとたん、ぶるっと大きく身体《からだ》が震えた。がくがくと揺《ゆ》れるほどの反応に混乱し、とっさに自分で自分の身体を抱《だ》きしめる。

「そんな状態なのに、どうしてさっき、彼を許したんですか」

「……あのときは、べつに、怖くはなかったですから」

「そんな状態で、彼らの家庭の事情に介入《かいにゅう》するだとか、本気ですか」

低い声で淡々と問う江上の声に色はない。けれどそれが怒《いか》りを抑《おさ》えたがゆえのものとは知れる。京はなんどもかぶりを振《ふ》った。

「こ、これは、浩志くんのせいではないので」

「どういうことです」

怪訝《けげん》そうな江上の声に、京は震える息を吐《は》き出し、顔を歪《ゆが》めたまま振り返った。

「む、むかし、怖い目に遭っていて。口を、ふさがれたせいで、思いだして……」

とっくに葬《ほうむ》り去った記憶《きおく》だと思っていたのに、どうしてこんな反応をするのかわからない。自分でもおかしくて、ふふっと笑いが漏《も》れた。

「だから、これは、ぼくの記憶のせいです。誰《だれ》のせいでもない」

「……あなたは」

江上は言葉を切り、長く深い息をついた。あきれたのかもしれないと思うといっそう寒気がひどくなり、京は身をまるめるようにして自分で自分の腕《うで》をきつくつかむ。

がたがた震えながら唇を噛んでいると、見かねたように江上が背中をさすってきた。ほっと息が漏れたかと思うと、次の瞬間《しゅんかん》には長い腕で抱きしめられていた。

「え、江上さん」

「落ちついて。もう、怖いことはないですから」

大きな手のひらで背中をさすられる。低い声で穏《おだ》やかにささやかれて、ふっと力が抜《ぬ》けた。全身を包んでいた悪寒《おかん》が、胸に抱《かか》えられたとたん一気に融解《ゆうかい》し、じわりと爪先《つまさき》から熱があがってくるような気さえする。

深呼吸すると、江上の使っている整髪《せいはつ》料と、おそらくアフターシェーブローションの香《かお》りが鼻腔《びこう》から流れこんできた。あまくひんやりした香料《こうりょう》、体温でぬくもったそれと彼自身のわずかな体臭《たいしゅう》がまじりあい、京はきつく瞼《まぶた》を閉じる。

(昔と、同じだ)

ほんのりとした、あたたかい肌《はだ》と彼の汗《あせ》のにおい。けっして不潔ではなく、乾《かわ》いた草原のような印象の、生命力のにおいを胸いっぱいに吸いこんだとたん、閉じた瞼の裏がじくりと潤《うるお》った。

そしてなにを考えるよりさきに、ぽろりと言葉がこぼれてしまった。

「昔と、同じですね」

「……え?」

「昔も、こうして助けてもらいました。江上さんには、いつも」

京の背中を撫《な》でていた江上が、一瞬《いっしゅん》動きを止める。

「いったい、なんのことですか。いつも、とは……まだお会いしてから、さほどに」

戸惑《とまど》った顔の彼の腕のなか、京は顔をあげた。至近距離《しきんきょり》になると、よりいっそうはっきりと、右目の際の疵《きず》が見える。

細い指を伸《の》ばし、京はそこに触れた。江上はいちどだけまばたきをしたけれど、逃《に》げるような真似《まね》もせず、ただじっと視線で問いかけてくる。

(やっとだ)

江上に会いたい、ただそれだけでずるずると執行猶予《しっこうゆうよ》を引き延ばした、ひと月とすこしの時間。この夜の告白で、それらのすべてがひどい記憶となって江上のなかに残るのか、もしくはなんらかの変節を迎《むか》えるのか、京にもわからない。

わかっているのは、いまを逃《のが》せばもう二度と、名乗るチャンスはないということだけだ。

「ぼくの、本当の名前は大貫京です」

もつれそうな舌を必死に動かし、京は口早に言った。

「十八年前に、あなたに助けていただいた、京です」

その瞬間、江上の目が見開かれた。まさか、という顔をした彼は、さきほどまでのやさしさが嘘《うそ》のように、すっと表情を変えてしまった。

そして京を支えていた手が離れた。物理的な距離《きょり》と同時に、彼の心も遠ざかったことが手に取るようにわかり、京はさきほどとは違《ちが》う意味で震《ふる》えた。

「申し訳ございませんが、なんのことなのか、わたくしにはわかりかねます」

かたくなな横顔が示すのは、完全な否定だ。

江上の反応は予想以上に手厳しかった。だがいまさら引き下がれないと強気に言った。

「嘘です」

ほんの一瞬だけれど、名乗った瞬間の江上は表情を強《こわ》ばらせていた。本気で覚えていないというなら、もっと茫洋《ぼうよう》とした反応を返すはずだ。それに、なにより京には、彼が忘れているわけがないという確信があった。

「ものすごいご迷惑《めいわく》をおかけして、話をしたくない、というのもわかります。でもどうしても謝りたくて、ぼくはすごく捜《さが》したんです。だから——」

「記憶にございませんので謝罪を受ける理由もなにも、ございません」

ぴしゃりと京の言葉は制された。けっして睨《にら》まれたわけではないけれど、江上の鋭《するど》い目に気《け》圧《お》され、言葉が続かなくなる。

後悔《こうかい》していると語った彼を知っている。だから、簡単に受けいれてもらえるわけがないことは覚悟《かくご》していた。けれどさすがにここまでの拒絶《きょぜつ》は予想外で、自分のあまさを呪《のろ》った。

(思いだしたくもない、いやな記憶だったってことか)

考えてみれば、それも当然かもしれない。江上の目元の疵も、いまの職業も、十八年まえの彼からすればけっして望んだものではなかったからだ。

「恨《うら》まれているのはわかってます。こそこそ、素性《すじょう》を隠《かく》して会いにきていたのも、知られたらきっと軽蔑《けいべつ》されると思っていました」

青ざめた顔で居住まいを正し、京はソファから降りて、額が床《ゆか》につくほど頭をさげた。

「あの節には、大変なご迷惑をおかけして、本当に、申し訳ありませんでした」

「――やめなさい！」

土下座した京の肩《かた》が摑《つか》まれ、乱暴にぐいと顔をあげさせられる。見あげた江上の顔は怒りに歪んでいた。

「そんなことをさせるために、あのとき助けたわけじゃない！」

無視しきれなかった江上の顔を、京は無言でじっと見つめた。

「許してくれますか」

「許すも、許さないもない。謝られるようなことはなにも」

「昔のことだけじゃなく、ずっと、ぼくが誰なのか黙《だま》っていたことを」

江上は答えなかった。ただ無言で目を逸《そ》らし、顔を背《そむ》けてしまう。その拳《こぶし》は白くなるほどに握《にぎ》りしめられ、彼が激怒《げきど》をこらえていることがよくわかった。

（殴られても、しかたない）

京はそう覚悟したけれど、江上がけっして自分を殴らないだろうことも理解していた。

沈黙《ちんもく》は長く、耐《た》えがたいほどに重かった。それでも京が逃げずにじっと見つめ続けていると、彼はぽつりと言った。

「俺がここにいることを、いったい、誰から聞いたんだ」

敬語の抜けた声で鋭く問われる。一人称《いちにんしょう》も仕事のそれとは変わっていて、京は、やっと彼が認める気になったのだろうとほっとした。同時に、これから言うことでますます軽蔑され、遠ざけられる可能性があるのだと、哀《かな》しくなった。

「……探偵《たんてい》事務所の、報告書で」

打ち明けたとたん、江上がばっと振り返った。驚愕《きょうがく》にいろどられた表情は凍《こお》りつき、京は唇《くちびる》を噛《か》みしめる。覚悟を決めていたとはいえ、そんな目で見られるのはつらかった。

「誰かがつけまわしているような気がしたのは、それか。……調査がはいったのは、二カ月くらいまえだろう」

「はい」

「雑誌に載《の》ったせいで、ひとの視線がうるさいのかと思ってたが……」

勘《かん》の鋭い彼は、とっくに気づいていたらしい。京は罪悪感に肩をすくめたが、視線をはずすことはしなかった。すこしでも怯《ひる》んだら、江上は間違《まち》いなく二度と目をあわせてくれなくなることがわかっていたからだ。

「勝手に調査するような真似をして、本当にごめんなさい。大昔のことで、迷惑だってこともわかってました。でも、どうしても会いたかったんです」

もしかしたら今夜限り、また彼はいなくなってしまうかもしれない。だったらその姿を、一秒でも多く目に焼き付けておきたかった。

「なんで、そこまで……」

江上はふうっとため息をつき、言いかけた言葉を呑《の》みこむ。そして疲《つか》れたようにかぶりを振《ふ》り、ソファにどさりと腰《こし》かけた。

表情こそさほど乱れてはいないけれど、かなり混乱してもいるのだろう。皺《しわ》のよった眉間《みけん》に、惑乱《わくらん》が滲《にじ》む。京はそっと細い指を伸ばし、顔を覆《おお》っている彼の大きな手に触《ふ》れた。

つぶれた拳、そして目のきわにある疵。

江上は二十歳《はたち》のときまでプロのボクサーで、世界戦を目前にした期待株と呼ばれていた男だった。——京と彼の人生を変えた、あの事件が起きるまでは。

「命の恩人に会いたいと思うのは、おかしなことですか？」

京の真摯《しんし》な言葉に、江上はしばし硬直《こうちょく》した。そのあとゆっくりとその手を顔からおろす。

触れたままの京の手を振り払《はら》うことはなく、それにあまえて大きな手を握りしめた。

あのころは、この手はもっと大きく感じた。成長した京の手と較《くら》べても、やはり大きい。

「会いたかったんです。ずっと」

静かにつぶやいた京の脳裏《のうり》に、十八年前の記憶《きおく》があざやかによみがえった。

＊　＊　＊

江上と出会ったのは十九年まえ、まだ京が九歳のころのことだった。

京の父は、日本全国のスーパーやコンビニでも扱《あつか》われる、大手製パン会社の経営者の親族で、同社の取締役《とりしまりやく》でもあった。

裕福《ゆうふく》なその家庭の三男として育った京は、五歳のときにフランスへの出向が決まった父と、社交のパートナーとして必要だった母に連れられ、外国で数年をすごすことになった。

ふたりの兄たちはすでに中学生と高校生になっていて、せっかく有名私立校へと進んだのにいきたくないと主張したため、その数年を寮《りょう》ですごすと決めた。

兄弟と離《はな》れても、歳の離れた彼らにはもともと相手にしてもらえず、さほど寂《さび》しくはなかった。まだ物心つくか否《いな》かという年齢《ねんれい》だったことも幸いし、すんなりと外国に溶《と》けこんだらしい。

だが四年後、父親の任期が終わって帰国した京は、帰国子女であることを理由に、いじめを受けるようになってしまった。

転校生はふつうであってもなじみづらい。幼稚園《ようちえん》からの一貫教育《いっかんきょういく》である私立だったのもまずかったのだろう。京が転校した時点で、学校内にはすでに人間関係やコミュニティができあがっていて、異分子を受けいれる余地はなかった。

おまけに京はフランスで受けた幼児教育のおかげで、九歳にして個人主義が確立していたため、やたらに群れたがる彼らのことが理解できなかったのだ。

あいまいな主張しかしないくせに、幼いころからの力関係などなにも知らない京に、暗黙《あんもく》の了解《りょうかい》を押しつけてくる。はっきり言ってくれと反論すれば、いやな顔でそっぽを向かれる。

そしていじめられた理由のひとつが、京の日本語の不自由さだった。父母は京をトライリンガルに育てるべく、学校での英語と仏語の授業にくわえ、家では日本語も教えていたが、やはり毎日使う仏語が当時の京にはもっともなじんでいた。

しかも父母はいたって穏《おだ》やかな性格だった。けんかのときの日本語など、家で教えるわけがない。そのためクラスメイトと揉《も》めてまくしたてるときにはどうしても仏語か、近くの高校《リセ》に通っていた留学生たちが使っていた英語のスラングくらいしか言葉が出てこなかった。

『ぼくに、どうしろって言うの？　どうしてみんな、理由も言わずに睨むの？』

「大貫くん、なに言ってるかワカリマセーン」

『ふざけるな、ばか！　なんでわらうんだ！』

「意味わかんねえし。日本語しゃべれよ。イライラすんだよ」

京が激昂《げきこう》すればするほど、彼らはおもしろがってはやしたてた。哀しいことに、こちらの言葉は伝わらなくともあちらの言葉は理解できてしまうから、京は一方的に傷つくだけだった。

のちに思えば、コミュニケーション不足によるすれ違いだと感じたし、そこまでひどいいじめではなかったとは思うようになった。

だがそれも大人になって冷静に振り返ればの話で、当時はとにかく、理由のわからない嘲《あざけ》りと悪意がいやでしかたなかった。

帰国して半年経《た》つころには、いじめは常態化し、京は次第《しだい》に自分の殻《から》に閉じこもるようになっていた。言葉のからかいもしょっちゅう、遊んでくれる相手もいない。

積極的にいじめにくわわらなくても、絡《から》まれるのをいやがって無視されるし、担任はことなかれ主義で、場合によると『和を乱す』京のことを叱《しか》りさえした。

(みんな、きらいだ)

京が信じられる人間は誰《だれ》もいなかった。子どもながらのプライドもあり、仕事に忙《いそが》しい父母に泣き言は言えなかった。本来なら相談相手になるだろう兄弟たちに至っては歳も離れすぎていたうえに、長男は両親の帰国と入れ替《か》わりでイギリスの大学へと留学、次男もまた高校の寮から戻《もど》ってこず、どちらもそれぞれの生活に忙しく、頼《たよ》るどころか話もできない。

おかげで京の友人は、親にねだって飼ってもらったシェットランド・シープドッグのコパンだけだった。犬に『仲間《コパン》』と名づけなければならないほど、気分は追いつめられていた。

そんな京が江上と出会ったのは、コパンの散歩がきっかけだった。

当時の京が住んでいた家の近くには大きな公園があり、ランニングをするひとや、京のように犬の散歩に訪《おとず》れるひとが多かった。

時代的にまだ、子どもが巻きこまれる犯罪に関しての警戒心《けいかいしん》も薄《うす》いころだった。比較的裕福《ひかくてきゆうふく》なひとびとが多い地域でもあったし、公園に集《つど》うひとびともものんびりとしたもので、小学生の京がひとりで散歩に向かったところで誰も咎《とが》めるものはなかった。

なにより、公園の散歩ですれ違《ちが》うひとびとは、朝には「おはよう」夕方には「こんばんは」と京に声をかけてくれた。そのころの京が他人と言葉を交《か》わすのは、そのときだけだったと言っても過言ではなかった。

子どものコミュニティとはいえ、濃い人間関係は侮《あなど》れない。そこから毎日弾《はじ》かれていれば疲れも感じる。他人同士がただすれ違うだけ、けれどなんの悪感情もぶつけられないという状態が、小学校三年生の京の、唯一《ゆいいつ》の安らぎだった。

そのなかでひとりだけ、異質な人間がいた。せいぜい健康維持《いじ》のために、のんびりとしたジョギングを楽しむひとたちのなか、夏でも真っ黒なトレーニングスーツをまとい、フードをかぶったままひたすらもくもくと走っている男は、京とすれ違ってもけして挨拶《あいさつ》をしようとしなかった。

痩《や》せていて、背が高くて、鋭《するど》い目をしていた。最初はとても怖《こわ》かったのに、きれいなフォームでストイックに走る彼の姿は、ひどく印象的だった。

毎日ぴったり同じ時刻に、同じ速度で走り抜《ぬ》ける。すれ違うとき、京がじゃまにならないように道の端《はし》に避《よ》けたところで、目もくれずに汗《あせ》だくで走っていく。

彼が走り去っていく瞬間《しゅんかん》、風圧で京の髪《かみ》とコパンの長い毛はいつもふわっと浮《う》きあがった。

はじめてそれを感じたとき「わあ」とちいさい声をあげてしまったことがある。

すると彼は、ほんのすこしだけいきすぎたあと、くるりと京のところへ戻ってきた。

（お、怒《おこ》られるのかな）

真っ黒で大きくて怖そうな男は、息を軽くはずませながらフードを払い、精悍《せいかん》な顔でじっと京を見おろした。

「ぶつけたか」

「え？」

声を聞いたのは、そのときがはじめてだった。低くかすれた声は平板で、感情がわかりづらかったけれど、べつに咎めているようでもない。

「いま、声をあげただろう。どこかぶつかったか。気づかなかったけど」

「ち、ちがいます」

再度問われて、どうやら自分の声に誤解し、気遣《きづか》われたのだと知った。京はあわててぶんぶんとかぶりを振る。

「早いから、すごいなって思っただけ。じゃましてごめんなさい」

口早に謝ると、彼は「そうか。ならいい」と言った。そしてフードをかぶるなり、またすごい速さで走っていってしまった。

きょとんとした京は、同じくらいびっくりした様子の愛犬に語りかける。

「あのひと、なんだろうね。コパン」

クウ、と小さく鳴いたコパンの声が、「わかんない」と答えているようだったが、京はすこしだけどきどきしていた。

「お話ししちゃったね。コパン。怖くなかったね」

挨拶以外のセンテンスを、他人と交わしたのはどれくらいぶりだろう。たったあれだけの、会話にもならない会話でも、京には嬉《うれ》しくてたまらなかった。

それから、毎日京は彼を見かけた。土日もなにもなく、本当に毎日だ。現れるのはいつも決まって朝の六時半と夕方の五時。同じルートを同じスピードで、同じ方向から走ってくる。

言葉を交わした翌日からは、彼の姿を遠くに見かけたらすぐに道の端によけるようにした。三日目からは思いきって、すれ違うときに「おはようございます」と声をかけた。走っている彼は困ったようだったが、声を出すとペースが乱れるのはわかっていたので、「お返事いいです」とつけくわえたら軽く頭をさげてくれるようになった。

コパンの毛が濡《ぬ》れるから散歩にいけない雨の日は、つまらなかった。梅雨《つゆ》にはいった六月などは最悪で、毎日がくさくさしていた。

我慢《がまん》できずに一度だけ、コパンを置いてひとりで公園にいってみると、傘《かさ》をさした京のまえを、雨に打たれながらやっぱり彼は走っていた。そして京を見かけると、驚《おどろ》いたように目をまるくし、酔狂《すいきょう》な、とでも言わんばかりの顔で首をかしげてぽつりと言った。

「風邪《かぜ》引くぞ」

早く帰れと言わんばかりの顔で、彼は去った。やはりとても短い言葉でしかなかったが、また声を聞いたと京は喜んだ。

ワンセンテンス、というよりほとんど二語以上の言葉を話さなかった彼から名前を聞き出したのは、それから二週間ほど経過した日のこと。

だがそのきっかけは、けっして喜ばしいものではなかった。


その日、京は公園へいく途中《とちゅう》で、いやな連中と遭遇《そうぐう》した。

「おまえ犬飼ってんのか」

自分を小突《こづ》き回すクラスメイトは、いつも三人でつるんでいた。にやにや笑いながら京を取り囲む連中に対し、コパンはぐるると喉《のど》を鳴らして威嚇《いかく》するけれど、小型犬の高い鳴き声を彼らはあざ笑った。

「なにこいつ、こえー」

「噛《か》んだら狂犬病《きょうけんびょう》になるんだぜ。保健所いきだな」

相変わらずの言葉の暴力に、京は精一杯《せいいっぱい》リードを引いて彼らにコパンを近づけまいとした。

「そこ、どいて」

「おめーがどけよ」

身体《からだ》の大きなひとりが京の行く手を阻《はば》み、避けようとすればべつの誰かがまわりこみ、じりじりと裏路地に追いこまれる。

住宅街から公園へ向かう途中の道にはろくな店もなく、人通りもすくない。もしかすると、待ち伏《ぶ》せしていたのかもしれないと、京はいやな予感にすくむ足をこらえて抗議《こうぎ》した。

「どけよ、通れないだろ！」

「だから、おめーがどけって」

堂々巡《どうどうめぐ》りの会話に、京は焦《あせ》りを感じはじめた。

京がコパンを散歩に連れていくのは、朝と夕方だった。登校まえと、帰ってからすぐ。リードを引いて小走りに公園へと向かう。毎日きっちり同じ時間にいくのは友人がおらず、なんの予定もないからだが、同時にいつも走っている彼と短い挨拶をかわすためでもあった。

（あのお兄さん、いなくなっちゃう）

一日のうちにたった二度、自分に悪意を向けずに声をかけてくれるひと。なのに前日までは雨が続いていて、もう三日も彼と会っていない。

「どいて、ほんとに、間に合わないから！」

「なんだよ、どこいくんだよ」

強引《ごういん》に押しのけようとすると、逆に突《つ》き飛ばされた。小柄《こがら》な京がよろけると、主人の危機を察したコパンが鋭い牙《きば》を剝《む》いて激しく吠《ほ》えたてはじめる。小型犬だと侮っていたクラスメイトたちも、その尋常《じんじょう》でない迫力《はくりょく》には一瞬《いっしゅん》怯《ひる》んだらしかった。

「う、うるせえな、黙《だま》れよ！」

だが、リーダー格の少年は自分が臆《おく》したことも気に入らなかったらしく、足を振《ふ》りあげた。ついで、ぎゃん！　というコパンの悲鳴があがる。

「コパンになにするんだ！　最低だぞ、おまえらっ」

蹴《け》られた愛犬を抱《かか》えこみ、京が涙目《なみだめ》で睨《にら》みつける。だが泣かせたことで悦《えつ》に入った連中は、そのまま京の身体をも蹴りだした。

ふだんの彼らは、ここまでの暴力をふるったことなどない。けれどコパンを蹴ったことで、妙《みょう》なスイッチがはいってしまったのだろう。それとも、学校のようにひと目がない場所でならば、なにをしてもいいと思ったのだろうか。

「ばかじゃねえの、いっつも変な服着て。女みてえ！」

「ほらー、フランス語しゃべれよ！」

けらけら笑いながら、遊び感覚で蹴り続ける連中からコパンを護《まも》ろうと、京はぎゅっと身体をまるめて縮こまった。

（こんなんで負けない。負けるもんか）

腕《うで》のなかで、コパンがぶるぶると震《ふる》えていた。もがいている様子を見ると、京の代わりに反《はん》撃《げき》するつもりかもしれない。けれどそんなこと、絶対にさせないと思った。さみしい夜、あたたかい体温と信頼《しんらい》をたたえた目で京を慰《なぐさ》めてくれたコパンに、これ以上痛い想《おも》いなんかさせる気はない。

「んだよほら。やり返しもしねえのかよ！」

けれど、必死の京に対しての暴力は止まらない。だんだんエスカレートしはじめた暴力に、誰《だれ》かの蹴りが京の頭をかすめた。「うぐっ」とうめいた京が横倒《よこだお》しになったとたん、コパンが腕のなかからすり抜《ぬ》けていく。

「あ、くそ。犬逃《に》げた」

「だっせえ、犬にも見捨てられてやんの」

痛みにくらくらする視界のはしに映った、コパンが走り去る姿だ。大事な彼が無事に逃げ果《おお》せたことにほっとしたが、京はもう立ちあがる気力はない。

「なに、にたにたしてんだよ。気持ち悪いんだよ！」

頭を蹴られまいとして、とっさに庇《かば》った腕に鋭《するど》い痛みが走る。靴底《くつぞこ》にさきの尖《とが》った小石でもはさまっていたのだろう、びっとなにかが切れた感覚があって、京の手から血があふれた。

「いた……っ」

げらげらと笑う彼らは、血を見たとたん瞬時に怯んだらしい。だが、自分の非を認めるのはいやだったのだろう。「な、なんだよ。おおげさ」とひきつった顔で笑い、またすぐに開き直った。

「いたぁい、だってよ」

「ばかじゃねー。おかまみてえ」

取り囲んだまま口々にばかにされて、なんだかもう面倒《めんどう》くさくなってしまった。

「警察に、言ってやる」

「あ?」

「ひとを怪我《けが》させたら、逮捕《たいほ》されるんだぞ。ぜんぶ言ってやる！　被害届《ひがいとどけ》出してやる！」

テレビのニュースで見ただけの、うろ覚えの知識で叫《さけ》ぶと、「子どもは逮捕なんかされねえんだよ！」と言い返された。

「そうやってすぐチクるのかよ。さいってーだよな、おまえ——」

言い捨てた少年が、今度は拳《こぶし》を振りあげた。このうえ殴《なぐ》られるのか、と京は悔《くや》しくてたまらなかったが、予測される衝撃《しょうげき》に怯《おび》えて目をつぶる。

だが、いつまで経《た》っても痛みは襲《おそ》ってこない。代わりにふわりと身体に風を感じた。

「最低はどっちだ、クソガキが」

「え……」

そこには、この日はもう会えないだろうと思っていた、黒いトレーニングウェアの青年がクラスメイトの腕を掴《つか》んでいた。そして彼の足下《あしもと》には、息を切らしたコパンがいる。

「い、いてえよ。放せ！」

「放すか、ばかが。おまえら、学校どこだ。名前は」

「な、なんであんたに、そんなん……」

「グダグダ言ってねえで、言え」

迫力ある低い声に、いじめっ子たちはぎくっと硬直《こうちょく》した。いくらいきがったところで、相手は無力で小柄な同級生ではなく、見るからに怖《こわ》そうな大柄《おおがら》の男だ。

「口があんだろうが。答えろ。どこ小の誰だ」

「ご……ごめんなさ……」

「謝る相手が違《ちが》うだろうが」

ぐいと、彼は顎《あご》で京を示してみせる。だがすでにがたがたと震えはじめた連中は、すでに声も出ないらしく半泣きだ。ちっと舌打ちした彼は、少年の腕を掴まえたまま京へと声をかけてくる。

「おい。こいつら、知ってるか」

京が「同じ学校の――」と答えかけたところで、ひとりが叫んだ。

「ちくるのかよ！　最低だなっ」

「……どっちが最低だ」

同級生は、男の一瞥《いちべつ》でまた黙らされたあと、腕を放された。どこにでもいけ、とばかりに顎をしゃくられ、悲鳴をあげながら走って逃げていく。

「ったく、血が出るまでやりやがって、最近のガキはろくでもねえ」

京の手を見て舌打ちした彼は、ポケットからバンダナを取りだして傷口に巻きつける。

「あ、あの。あ、あ、ありが……」

「礼はいい。立てるか」

問われて、京はどうにか立ちあがろうとした。けれど蹴られた身体は節々が痛み、なによりショックが大きすぎて、足が萎《な》えている。

「ご、ごめんなさい。むり」

「だな。……おい、ちゃんとついてこいよ」

うなずいたあとに声をかけたのは、京にではなくコパンにだった。あん、とまるで返事をするように吠えたコパンに驚《おどろ》いていると、京の身体がふわっと浮《う》きあがる。

「わ、わ」

「とりあえず、近くで手当てするからじっとしとけ」

言いながら、彼は軽々と京を抱えたまま走り出す。落とされないように、怪我のないほうの手で首にしがみついていた京は、ものすごい勢いで風を切る男の力の強さに驚き、目をまるくしていうしかなかった。

コパンと併走《へいそう》しながらの男が京を連れていったのは、駅前近くのボクシングジムだった。

ドアを開けるなり、むっとするような汗《あせ》のにおいと、ばしばしという打撃《だげき》音がひっきりなしに聞こえてくる。

「あれ？ 江上さん、ロードワークもう終わったのか……って、どうした、その子」

サンドバッグ相手にトレーニングをしていた、筋肉質の若い男が目を瞠《みは》る。江上というのか。はじめて知った彼の名前に、京はひそかに喜んだ。

「怪我してたから、拾った。緒田《おだ》、ちょっと救急箱持ってきてくれ」

「こ、こんにちは……」

おずおずと、抱《だ》っこされたまま頭をさげた京に「育ちのよさそうな子だなあ」と緒田は笑い、すぐに走っていった。

「どっか座れるとこ……ああ、あそこでいいか」

部屋の隅《すみ》にあるベンチに連れていかれ、そっとおろされた。京は、はじめて訪《おとず》れたボクシングジムの独特の雰囲気《ふんいき》に、きょろきょろと周囲を見まわす。

「あの、江上……さんも、ボクサーなんですか」

「そうだよ。っつーかこのひとプロね。コーチもやってるよ。俺はアマチュアだけど」

答えたのは江上ではなく緒田だった。彼が持ってきてくれた救急箱を開け、江上は無言で手

当てをはじめる。

「プロってことは、強いんですか？」

「強いなんてもんじゃないよ。このジムの稼《かせ》ぎ頭だし。えーっとボクは……」

ちらりと緒田に見られ、あわてて「大貫京です」と口早に答える。

「京くんはテレビでボクシングとか見ない？　新聞にも写真入りで載《の》ったことあるんだけど」

緒田の言葉に、江上はそんなに有名人だったのかと驚いていると、当の本人はいたって淡々《たんたん》としたままだった。

「ボクシングの試合とか、大抵《たいてい》夜中だろ。ガキは見ない。新聞ったって、スポーツ紙だろうが。こんな育ちよさそうな子どもが見るわけない」

「またあ。有名人の自覚ないっすよねえ、江上さん。世界戦も近いってのに」

「うるさいって。手元が狂《くる》う」

江上が丁寧《ていねい》に泥《どろ》を拭《ぬぐ》って検分した疵《きず》は思ったより浅く、皮一枚が切れた程度だった。だが、鋭利《えいり》なもので切ったわけではないため、えぐれたようになっていた。

傷口を見て京は一瞬《いっしゅん》顔をしかめ、消毒されるときも涙目《なみだめ》になったけれども、江上のまえで見苦しい顔をするのがいやで、黙《だま》ってこらえた。

「なんか、あちこち怪我してるけど、なにがあったの？」

声をかけてくれたのは緒田だった。江上よりもさらに大きく、ボクサーというよりはプロレスラーのような体格をしていたが、細めた目はやさしげで愛嬌《あいきょう》もあった。そんな彼に、いじめられたなどとみっともないことを言いたくはなくて黙りこんでいると、大判の絆創膏《ばんそうこう》を手のひらに貼《は》りつけていた江上がぼそりと言った。

「三対一でけんかしたんだよな」

「あー、それでボコられたのか。数を頼《たの》むのは卑怯《ひきょう》だよな。よし、お兄さんがおごってやる」

「えっ、いいです、そんな」

あわてた京に「遠慮《えんりょ》すんな」と笑ってフットワーク軽く緒田はまたその場をあとにする。困ったな、と大きな身体《からだ》を見送っていると、江上が足の擦《す》り傷《きず》にも消毒液を吹《ふ》きかけながら、問いかけてきた。

「ほんとは、いじめだろ」

彼は、京の足下に跪《ひざまず》くようにして片膝《かたひざ》をついていた。見あげるばかりだった江上の顔がひどく近くて、なにもかもを見通すような真っ黒な目で質問されると、意地を張る気にはなれなかった。なにより、毎朝ひとりでつくねんと歩く姿を、彼にはもう見られている。

「……Oui《うん》.」

無意識にうなずいたあと、はっとして江上を見る。彼は一瞬、ぽかんとしたように目を瞠ったあと、「あ、そうか」とつぶやいてまばたきをした。

「あれか。おまえもしかして、帰国子女かなんかだろ。それが原因でいじめか？」

「な、なんでわかるんですか」

「ときどき、犬に話しかけてる言葉が外国語っぽかったからな。いま、ウィ、ったからフランスかどっかにいたのか？」

そんな姿まで見られていたとは気づかなかった。おまけに自分があちらの言葉を話していたのも無意識だった。こめかみのかすり傷《きず》も手当てされながら、京は赤くなる。

「親とか先生とかには、話したのか」

問われて、京は無言で唇《くちびる》を噛《か》みしめる。しばらく沈黙《ちんもく》が続いたあと、江上が口を開いた。

「あんないじめ、ほっといたらろくなことにならないぞ」

「……言ったって、ほっとかれる」

ぎゅっと無意識に手を握《にぎ》りしめると、傷口が痛んだ。気づいた江上が、そっと京の手をほどかせる。なにも言わないまま目を覗《のぞ》きこまれ、京はこみあげてくるものを必死でこらえた。

「いっかいだけ、先生に言った。そしたら、ぼくは、わがままだと言われた」

「わがまま？」

「仲よくできないのは、ぼくが、わがままだからって。こ、これみよがし？　に、フランス語とか使うから、悪目立ち、するって」

江上ははっきりと顔をしかめた。

「たいしたことじゃないのに、騒《さわ》いで、問題起こすなって。だから、言っても無駄《むだ》」

ほかの連中だって同じことだと、京は消え入りそうな声でつけくわえた。

「お父さんたちは？」

「……パパもママも、心配させたくない」

言えばたぶん、味方にはなってくれる。兄たちと歳が離《はな》れているためか、遅《おそ》くにできた京を両親はかわいがってくれていた。だが、ただでさえ、幼い京を連れまわすことになった点に彼らは罪悪感を抱《いだ》いている。

――いきなりフランスに連れていって、また戻《もど》したりして悪かった。日本は大丈夫《だいじょうぶ》か、学校は楽しいか？

ことあるごとにそう問われるのが苦しかった。京がそう打ち明けると、江上は長いため息をついた。

「おまえそんだけ大丈夫かって言われるってことは、それ、バレてるぞ。たぶん」

はっとなって京は顔をあげる。必死になって隠《かく》していたのに、どうして。声にならない声が聞こえたのか、江上は京の髪《かみ》をくしゃりと一度、かき混ぜた。

「様子が変なのには気づいたんだろ。通りすがりの俺でもわかることだ」

「そんな……」

愕然《がくぜん》とした京に、「もうあきらめて、洗いざらい言ってしまえ」と彼は告げた。

「どっちにしろこんな怪我《けが》しておいて、なんでもないは通じない。……とりあえず、服脱《ぬ》げ」

突然《とつぜん》の命令に「え、いやだ」と京はかぶりを振《ふ》るが、江上は聞いてくれなかった。

「やだじゃねえよ、いいから脱げ！」

ぴしゃりと言われて、京はしぶしぶTシャツをめくった。子どものやわらかい肌《はだ》にできた青あざに、江上はまた顔を歪《ゆが》めて湿布《しっぷ》を貼りつけていく。

「やられてみっともないって思うのはわかる。言いたくないのも。けど俺も見てしまった以上は見すごせない」

「でも、そんな」

言い返そうとする京のTシャツを直してやり、救急箱の蓋《ふた》を閉じながら江上は言った。

「あいつらみたいな連中は、ここで叱《しか》られとかないと、もっとでかくなってから、もっとひどいことをするぞ」

「もっと、ひどいって……」

「まともに殴《なぐ》りかたを知らないから、いきなり腹だの頭だのを蹴《け》ろうなんてするんだ。ガキのけんかのしかたじゃない」

絆創膏を貼りつけたこめかみに触《ふ》れられ、京はなにも言い返せなかった。

「さっき見た限りじゃ、まだ更生《こうせい》の余地はあるはずだ。間に合ううちに止めとけ。言いにくいなら、俺からおまえの親でも教師でも、言ってやってもいい」

「……どして？」

朝と夕、すれ違《ちが》うだけの子どもになぜそこまで面倒《めんどう》を見てくれるのか。目を潤《うる》ませながら京が問いかけると、江上はふっと笑った。

（わあ）

目つきの鋭《するど》さや全身から漂《ただよ》う雰囲気で、ひどく怖《こわ》そうな印象のある彼の笑《え》みは強烈《きょうれつ》だった。もともと顔の造りは端整《たんせい》と言ってもいいほどだが、笑うと目元が一気にあまくなる。

「こいつがな。必死になってたから」

なんだかどぎまぎしてしまった京の気持ちも知らず、江上はその目で足下《あしもと》を見た。うっかり存在を忘れていたコパンは、床《ゆか》でおとなしくまるまっている。

「ひょっとして、コパンが江上さんを呼んだの？」

「リードぶらさげたまますっ飛んできて、吠《ほ》えまくったんだ」

いつも散歩している子どもの飼い犬が、迷子にでもなったのかと思った。だがそれにしては様子が変で、江上のトレーニングウェアの裾《すそ》をくわえて離さない。

「こっちにこいって感じだったから、ついてったら、アレだった」

「ご、ごめんなさい！」

言われて見ると、彼のウェアのボトムには、コパンがくわえて引っぱったとおぼしきほつれがあった。京があわてて頭をさげると、一摑《ひとつか》みにされてしまいそうな大きな手が後頭部に置かれる。

「俺はいいから、コイツ褒《ほ》めてやれ」

こくりとうなずき、コパンに手を伸《の》ばす。起きあがり、ふんふん、と鼻面《はなづら》を手のひらに押しつけたコパンは、きゅう、とちいさく鳴いて前足を起こし、伸びあがった。抱《だ》っこをせがむ相棒を腕《うで》のなかにおさめ「ありがと」と京はちいさくつぶやいた。


それから江上は、怪我をした京を家まで送ってくれた。ボクシングの練習を中断させたことが申し訳なく、京が何度も謝ると「気にするな」と江上はやさしく言ってくれた。

道々、質問されたのはいじめの内容。たいしたことはないと思っていたが、つらかったこと。帰国子女でなじめないこと。コパンだけがともだちだったことなどを、京は素直《すなお》に答えた。

「だから、毎日、江上さんと話すのが楽しかったんだ」

そう言ったときだけは、なぜか彼は眉《まゆ》をひそめたけれど、特になにかをコメントすることはなかった。

帰りが遅いと心配していた母親に、江上にうながされつつすべてを話した。

息子《むすこ》のひどい怪我に真っ青になっていた母は、見ず知らずの江上を疑うどころか涙《なみだ》ぐんで礼を言い、飛んで帰ってきた父親も同様だった。

「だんだん、しゃべらなくなって、笑わなくなって……仕事の都合で子どもを振《ふ》りまわして、本当に、悩《なや》んでいたんです。あなたに助けていただかなければ、どうなっていたことか」

ボクシングなどには疎《うと》い母親はともかく、父はプロボクサーである江上のことを知っていて、そのことにもひどく驚《おどろ》いていたようだった。

「江上さんには本当に、なんとお礼を言ったらいいか……」

「俺はなにもしていませんから」

謝礼をつつみたいという両親の申し出を江上は固辞した。だが、京がコパンのせいでトレーニングウェアに穴が空いたことを伝えると、それだけは弁償《べんしょう》すると言い張り、江上も苦笑いで受けいれてくれた。

その後、京は早々と寝《ね》かしつけられてしまったが、父母と江上はずいぶん遅くまで話をしていたらしい。

翌日、派手な怪我をした京の姿はクラスでも噂《うわさ》になったけれど、京は気にもしなかった。対照的にいじめっ子の三人は真っ青な顔をしていた。それもそのはずで、夜のうちに京の父が彼らの家に電話をかけ、いままでのいじめの経緯《いきさつ》について話していたからだ。

告げ口したと逆恨《さかうら》みされるかと思ったが、放課後、学級会が持たれたとたんに泣きながら謝りだした。親にも相当きつく絞《しぼ》られたらしく、また京の身体《からだ》中の絆創膏《ばんそうこう》や青あざに、いまさらになって彼らも怖くなったらしい。

べそをかきながら「ごめんなさい。もういじめません」と謝罪され、京は許した。とはいえ、長いことかけていじめてくれた連中が、そう簡単に変わるとは思えなかったのだが、これはいい意味で予想を裏切られ、いじめはなくなった。

ただ、これについては反省したというより、京をいじめたら江上が出てくる、と刷りこまれてしまったかららしい。

見て見ぬふりをした担任は、いじめの予兆を無視したことを追及《ついきゅう》されて勧告《かんこく》を受け、減給処分になった。私立の小学校で、理事のひとりと懇意《こんい》でもあった京の父親の権限は大きく、『お得意様』を怒《おこ》らせたことへの処罰《しょばつ》は大きかったようだ。

それから担任は京を見るたびにそそくさと視線をはずすようになった。しばらくの間はクラスにもいやなムードが漂っていたけれど、もはや京はどうでもよかった。

京には、江上がいた。といっても、特別親しくなっただとか、遊んでもらったわけではない。プロボクサーとして活躍《かつやく》中の江上は多忙《たぼう》だったし、彼のじゃまになることだけは、京も絶対にしたくなかった。

ただ、信頼《しんらい》できる人間が世界にひとりはいると知れたことが、心の支えになったのだ。

学年が変わったときに、かつて京をいじめていた連中とはべつのクラスになった。

新しい人間関係を作れたことで学校内は比較的《ひかくてき》平和になった。

「散歩にいってきまーす」

相変わらず京は朝夕にコパンを散歩に連れ出し、日課のロードワークで挨拶《あいさつ》をした。ただそこで、ほんの十分ほど話すことが増えた。

礼を受けとらなかった江上に、母の助言もあって京はちょこちょこと差し入れをした。むろん減量中などは食べものを控《ひか》えたけれど、そうでないときには飲み物やサンドイッチなどを持っていくと、江上は苦笑しながら受けとってくれた。

その日の夕方にも、母が作ったサンドイッチをつまみながら休憩《きゅうけい》を取る江上は、京とたわいもない話をしてくれていた。

「江上さんは、毎日走ってるけど、飽《あ》きないの？　トレーニング、つらくない？」

「そりゃ、飽きる。減量もきついし。けどここを走ってるのは、ただ流してるだけだから」

江上の説明によると、毎日きっちり同じ時間に公園を『軽く』走るのは、ロードワークの終わりにおこなっている、とのことだった。

「えっ、じゃあトレーニングじゃないの？」

「同じ刺激《しげき》を与《あた》えると身体《からだ》が慣れて意味が無くなるから、ハイペースに走ったり、百メートルダッシュしたりと、毎日変えてる。あれはあくまでクールダウンのためだ」

「あんなに速いのに」

本気の走りではないと言われ、しかも長距離《ちょうきょり》を走るときには十数キロも走ると聞き、京は想像もつかない距離だと心底驚く。京の目がまるくなっているさまが愉快《ゆかい》だったのか、江上は笑っていた。

「ボクシングって、殴ったり殴られたりするよね。怖くない？」

ちょっといじめられただけで身動きもとれない京には想像もつかなくて問いかけると、江上はさらりと答えた。

「怖くないわけがない」

「じゃあ、なんでやってるの？」

「強くなりたいから」

単純明快な言葉だった。それがゆえに幼い京の胸にすとんと落ちてくる。そんな江上を尊敬すると同時に、一方的にいじめられてばかりだった自分が不甲斐《ふがい》なく感じた。

「どうやったら、やり返せるのかな」

ぽつりとつぶやくと、江上は京のちいさな頭にぽんと手を置いた。

「同じ方法でやり返す必要はどこにもない。おまえは、おまえなりにやればいい。ただ、やられっぱなしにはなるな。負けぐせがつくから」

「……よくわかんない」

むずかしい、と京は眉を寄せる。江上はそんな京をじっと見つめながら「自分で考えろ」と言った。

「誰《だれ》もおまえの代わりに戦ってくれないし、護《まも》ってくれない。身体使うのが得意じゃないなら、頭を使うんだ。その歳でフランス語と日本語話せるバイリンガルなんだから、おまえは頭がいいだろ。自分の強みを育てて、うまく使え」

頭がいいと褒められて、京はちょっと赤くなりながら「英語もちょっと話せるよ」と言った。自慢《じまん》したように思われるかと恥《は》ずかしくなったが、江上は「すごいな」と笑ってくれた。

「日本じゃ、ガキのうちは自己主張するとハブられたりするけどな、必要なことだ。ただ面倒《めんどう》が多いなら、自分がどうしたいのかは、絶対に言わなきゃいけなくなるときまで、黙《だま》って腹のなかにしまっておけばいい。なに言ったって叩《たた》くやつは叩くけど、最後に勝てばそれでいい」

おそらく彼の言葉の本当の意味は、半分も理解できていなかっただろうけれど、京は何度もうなずきながら、真剣《しんけん》な目で彼を食い入るように見つめた。

「勝つための、こつ、とかってありますか？」

問いかけると、江上は「んん」と首をかしげた。

「いざってときにどうするのかを山ほどシミュレートして、いちばんいいと思う方法を頭に叩きこんでおけ」

うーん、と京はうなった。

「なんか、むずかしい。考えすぎてわけわかんなくなることあるよ。どれが正しいのかなって、ぐるぐるになるんだ」

むしろ頭がこんがらがることもあると京が言えば、江上はにやっと笑う。

「そういうときは、あれだろ。Don't Think. Feel! だ」

「……考えるな？　さっき考えろって言ったのに？」

京がきょとんとして目をまるくすると「ブルース・リーは知らないか」と江上は苦笑した。

「アチョーとか言うひと？　お父さんがテレビで映画観《み》てた」

「はは、それだ。気が向いたら観てみろ」

あまり殴《なぐ》りあうような映画は好きではないのだが、江上が言うならそうすると京はうなずいた。素直《すなお》な反応に、江上は苦笑する。

「自分にとってベストなのはなにか、常に意識してればいい。同じところをいったりきたりしてるときは、大抵《たいてい》いらないこと考えてるときだから、そういうのは捨てればいい」

「捨てる？」

「ばかになるんじゃないかってくらいに考えて、ごちゃごちゃになったなら、勘《かん》に従え」

彼の言いざまはなんだか適当に聞こえて、京は「ええー？」と笑ってしまう。

「なんだあ。結局、勘なの？」

「勘はばかにできないぞ。ぱっと浮《う》かんだ答えがいちばん正しかったりする。反射的に身体が勝手に動くんだ。そういうときは……なんだろうな、これだ、って自分がわかるから、わかる」

「わかるから、わかる？」

「そうとしか言いようがない。悪いな、ほかに言葉が浮かばない」

ふるふると京はかぶりを振《ふ》った。

「いまはわかんないけど、覚えておく」

戦って生きている江上の言葉はひとつひとつが重たく、ぶれていない。

観念的な――という語彙《ごい》は当時の京にはなかったけれど――江上の言葉の、本質的なところまで理解できてはいなかっただろうけれど、なにかとても大事なことを目のまえのひとに教わっているのだと、京は感覚的にわかっていた。単純なけんかの勝ち負けだけではなく、生きていくための方法だ。

なにより、十歳の子どもを相手にしているというのに、彼はけっしてこちらを侮《あなど》ったり、ぬるいきれいごとを話したりはしなかった。それが、京には嬉《うれ》しかった。

「絶対、忘れない」

目を見てきっぱりと言う京に、江上はかすかに笑った。にこやかとは言いがたい彼の、いつもは厳しく結ばれている唇《くちびる》がほんのわずかにやわらぐ、その瞬間《しゅんかん》がとても好きだと京は思った。

「江上さんは、なんで、ボクサーになったの？」

「金なかったからな」

江上は、徐々《じょじょ》に自分のことも話してくれた。年齢《ねんれい》は二十歳《はたち》、両親は事故と病気で相次いで亡《な》くなったため、京と同じくらいのころから施設《しせつ》で育ったこと。中学生になって体格のよさに目をつけられ、学校の担任のすすめでボクシングをはじめたこと。

ボランティアでトレーナーにきてくれたのがいまのジムのオーナーで、プロテストを受けるまでの援助《えんじょ》をする代わりに、自分のジムに所属するように言われたこと。

「十七になってすぐ、テスト受けて合格した。デビュー戦のあとからはスポンサーになってもらえてるから、いまはこれだけに集中できてる」

江上はその容姿のよさも相まって、当時のボクシング事情にはめずらしく、女性にもかなりの人気があったようだ。テレビ映りもよく実力のある彼の試合は、ニュースなどでもかなりの頻度《ひんど》で取りあげられ、女性タレントたちは彼の容姿に色めきたっていた。

「世界戦に勝てば、いままで援助してもらったぶんも、ぜんぶ返せるから」

ふだんは無表情に近いほどの顔をほころばせ、目を輝《かがや》かせてそう語る彼のことが、京は誇《ほこ》らしくて眩《まぶ》しくてたまらなかった。自分の力だけで生きる、高潔な江上と話をしてもらえる自分が、とても特別な存在になったような気すらした。

「がんばってね。応援《おうえん》してるね」

「……京、試合観にくるか」

「いいの!?」

「よくなかったら言わない」

試合はこの日から一ヵ月後にあるのだそうで、これから減量などの調整をしていかなければならない、と江上は言った。

「だから、差し入れはきょうからなしでいい。あとトレーニングもちょっと変えるから、場合によっては公園にもいない。そのときは待たないで帰れ」

「うん、わかった」

誘《さそ》ってくれたことがひたすらに嬉しくて、京は有頂天《うちょうてん》になっていた。

江上とすごす時間は、嬉しくて、誇《ほこ》らしくて、楽しかった。ずっとこういう時間が続けばいいと感じ、そうできるようにしたいとも思った。

けれど——京はその約束した試合を観にいくことはできなかった。それどころか、このときが、彼とまともに会話をかわした最後の時間になってしまった。


事件は、その翌日に起きた。

学校を終えた京は、いつものようにコパンを連れて、公園へと向かった。だが、いつもの時間になっても、江上の姿は見えなかった。

「あ……そっか、トレーニング変えるって言ってたっけ」

きのうのきょうとは思わなかったと、京は肩《かた》を落とす。コパンもなんだか落ちつかない様子で、そわそわとリードを引っぱっていた。

「しょうがないね、帰ろうか」

あう、とちいさな声で吠《ほ》えた愛犬のリードを引き、京はとぼとぼと歩きだした。

夕暮れの道に、自分の影《かげ》が長く伸《の》びている。いつもは江上がいるからすこしも不安ではないその薄暗《うすぐら》さが、急におそろしいもののように思えてきた。

胸がどきどきして、ざわざわする。無意識に小走りになっていた京は、不意にコパンがぴくりと反応し、立ち止まったのに気づいた。

「コパン？」

前傾《ぜんけい》姿勢をとって歯を剝《む》きだしているコパンの様子は、尋常《じんじょう》ではなかった。いったいなにがあったのかと戸惑《とまど》っていた京は、突然《とつぜん》、背後から伸びてきた腕《うで》に肩を摑《つか》まれた。

「っ！」

びくっと震《ふる》えた京が振り返ると、そこには昨年担任だった教師がいた。

「なにやってるんだ大貫、こんなところで」

「あ、先生……」

あまり得意な相手ではないが、驚《おどろ》くほどのことではなかったとほっとする。

「犬の散歩です。いま、帰るところで」

「こんな時間まで出歩いていたらだめだろう。送っていくから、早く帰りなさい」

すみません、と頭をさげて、京は「早く」とうながす手に背中を押される。ちょっと強引《ごういん》な手つきで、こういうところも苦手だったことを思いだしたけれど、学年があがってクラスも変わったことで、ほとんど関《かか》わることのない相手だ。

(早く帰ろう……)

京は足早に歩いたけれど、なぜか担任は肩から手を離《はな》してくれない。おまけに家に向かう道ではなく、路地を一本違《ちが》うほうにはいっていこうとする。

「あの先生、道が違います」

「こっちでいいんだ。大通りも近いしな」

たしかにそちらにいけば二車線の道路があるルートになるが、このあたりは住宅街で、むしろ人通りはすくなくなる。なんだかいやな感じがしていると、もともと警戒《けいかい》したように担任を睨《にら》んでいたコパンが脚《あし》を踏《ふ》ん張り、動かなくなってしまった。

「なんだ大貫、早くしろ」

「あの、犬が……」

リードを引っぱってもぴくりともせず、あまつさえコパンは、その身体《からだ》のどこから出るのだというすごい声で吠えはじめた。

「やかましい！　黙《だま》らせろよ！」

「ご、ごめんなさい。でも」

担任はコパンを抱《かか》えようとしたが、小型犬とはいえ唸《うな》りをあげ、犬歯を見せて威嚇《いかく》する犬には近寄れないようだった。あげく彼は急にそわそわし、周囲をやたらと見まわしている。

「先生？」

いやな予感を覚えてあとじさるより早く、大きな手が京の腕を摑む。いきなりのことに驚いて硬直《こうちょく》していると、突然三人の男たちが現れ、京たちを取り囲む。

「おまえなにぐずぐずしてんだよ」

「いや、犬が……」

「犬？　うぜえしほっとけよ」

担任と男のひとりが低い声で会話を交《か》わしている。なにが起きているのかもわからないまま、逃《に》げようとした京はもがいた腕をとられ、ふたりがかりで抱えあげられた。

「いやだーっ！　放して！」

「うるせえ！　おい、誰《だれ》か口ふさげ！」

「んー！」

最悪なことに、京の口をふさいだのは担任だった。どうして、なぜ、と驚愕《きょうがく》に目を瞠《みは》ったまま彼を見ると、気まずそうに顔をそらしている。

罠《わな》だったのだと気づいて、京は絶望的な気持ちになった。それでも、ただおとなしく捕《つか》まりたくはないと、必死にもがいた。

「そっち持てよ。くそ、暴れんなよ、ガキが！　殴《なぐ》られたいのか！」

「んー！　んー!!」

「めんどくせえな……こいつ、やったらまずいの？」

「交渉《こうしょう》するまでは一応、やばいだろ。声聞かせろとか言われっかもだし」

　じたばたと手足を振《ふ》りまわすけれど、大人が数人がかりで押さえこんできてはどうにもならない。コパンはひっきりなしに吠えているが、以前似たような状況《じょうきょう》でいじめっ子に蹴《け》られたことがあるからか、飛びかかってこようとはしない。

（逃げて、コパン。逃げて）

　口を大きな手でふさがれたまま、涙目《なみだめ》で京は愛犬に訴《うった》えた。コパンはちいさく唸ったあと、なにかを察したように一目散に駆《か》けてゆく。彼が無事に逃げたことに、京はほっとした。

　もしかしたらあの日のように、江上がきてくれるかもしれない。いや、きっときてくれるはずだ。根拠《こんきょ》もなくそう信じ、精一杯《せいいっぱい》の抵抗《ていこう》で暴れた京の口から、男の手が離れた。

「助けて！　江上さん、助けて――！」

「クソガキ、黙れ！」

　ばちんと叩《たた》かれて、一瞬《いっしゅん》脳が揺《ゆ》れた。ついで、頬《ほお》がじんじんと痛み、切れた唇《くちびる》に血の味がする。男たちが本気なのだと気づいて、京は全身ががたがたと震えるのを感じた。

「やっとおとなしくなった。ったく、予定より車まで遠いじゃねえか」

「思ったより抵抗されたんだ。しかたないだろう、このまま抱えて――」

おどおどと周囲を見まわしていた担任が、言葉の途中《とちゅう》で口をつぐんだ。一瞬でその身体が崩《くず》れ落ちる。上半身を抱えられていた京も、それにつられたように地面に落ちた。

「あう！」

京がちいさく悲鳴をあげる。脚を掴んでいた男は、なにが起きたかわからない顔で唖然《あぜん》としていた。

「ちょ、おい、なん」

風を切るような音について、すたん、と軽い音が聞こえ、今度はその男が京のまえに崩れ落ちてきた。落ちた尻《しり》をさすっていた京の視界に、真っ黒なトレーニングウェアに包まれた長い脚が映る。まさかと思って見あげると、拳《こぶし》を固めた男が険しい顔のままそこにいた。

「江上さん！」

「よくよく襲《おそ》われるやつだな、おまえ」

手を差し伸べられ、京は涙があふれた。やっぱりきてくれた。やっぱり助けてくれた――そう思って、大きな手を取ろうとした瞬間《しゅんかん》だった。

がつっとひどい音がして、江上の上体がぐらりとかしぎ、彼はその場に膝《ひざ》をつく。

「え……」

「なに手間取ってんだよ、あほか！」

叫《さけ》んだ男の手には、木刀のようなものが握《にぎ》られている。見ると、通りに停《と》めてあった黒っぽいミニバンから、さらに四人の男がわらわらと降り、こちらに向かって駆けてきた。

頭を殴られた江上は、しばらくうずくまっていた。後頭部を押さえていた手を彼が開くと、日が落ちていてさえわかるほどに血で濡《ぬ》れている。京は真っ青になり、江上の腕に手をかけた。

「え、江上さん。だいじょうぶ――」

京は凍《こお》りついた。見たこともないほど険しい顔をした江上は、じっと血濡れた自分の手のひらを眺《なが》めたあと、予備動作もなにもないままに立ちあがる。

「ひとりだろ、つぶせ！」

「ガキはさっさと捕まえろ！」

口々に罵《ののし》りながら走ってくる男たちをまえに、江上はゆっくりと拳をかまえた。そしてまばたきもしないまま、まっすぐに彼らへと走っていった。

相手はぜんぶで、八人くらいいたようだ。木刀のほかにナイフや鉄パイプのようなものを持っている男もいたというのに、江上は圧倒的《あっとうてき》なまでに強かった。

悲鳴と、怒号《どごう》と、血しぶきが飛ぶ。もう江上が誰と争っているのかもわからない状態のなか、京ははじめて見る暴力のすさまじさに、腰《こし》を抜《ぬ》かして震《ふる》えているしかできなかった。

紫色《むらさきいろ》の薄闇《うすやみ》のなか、黒いウェアを着た彼は、人間ではないように思えた。顔中を自分の血と相手の返り血で染め、拳もまた血まみれで、鋭《するど》くつりあがった目はまるで鬼《おに》のようだった。

（誰……あれ）

怖《こわ》そうであっても、穏《おだ》やかでやさしかった彼からは想像もつかない姿だった。ただひたすら拳を握って相手を叩き潰《つぶ》している男は、京の知っている江上ではない。

じわりと股間《こかん》がなまぬるくなった。おそろしさに失禁したのだと気づくこともできなかった。京はまばたきも忘れ、ただひたすら震えながら、地獄《じごく》のような光景を見つめ続けた。

「この、クソガキっ……」

戦線を離脱《りだつ》し、どうにか江上の拳から逃《のが》れた男が京のもとへと走ってきた。もはや現実のこととは思えず、京はただぼんやりと、血走った男の目を見ていた。

よく見ると、それは京のもと担任教師だった。江上に殴られたせいで顔を腫《は》らしていたため、もう人相が変わっている。

おまえのせいで。彼がそう叫んで京の腹を蹴り飛ばし、子どもの軽い身体は簡単に倒《たお》れ伏《ふ》した。痛みにまるまって腹を押さえた京は、だがそれ以上蹴られることはなかった。

江上の真っ黒な大きな背中が視界をふさぎ、その肩越《かたご》しに、鉄パイプを掲《かか》げた男の姿が見える。それが振り下ろされた瞬間から、京の意識はとぎれた。


目が覚めたときには、病院のベッドのうえで、泣きじゃくる母親に抱《だ》きしめられていた。腕《うで》には点滴《てんてき》の管がつけられていて、ひどく頭がぼんやりしていた。

「よかった……よかった……」

ただひたすら泣きじゃくる母の隣《となり》には、やはり目を潤《うる》ませた父と、めったに顔を見せることもなかった兄たちまでいる。

「……えがみさんは？」

問いかけると、びくっと震えた母は「いまは、ちょっとね」としか言わなかった。その場にいる誰もが気まずそうで、京はなぜだろうと思いつつ父にも同じ問いを向ける。

「江上さんも、怪我《けが》してたから。治療《ちりょう》してるんだ。だから、まだ会えないよ」

「そうなの？」

「そう。だから、もうちょっと寝《ね》ていなさい」

なだめるような声を出す父に頭を撫《な》でられて、京はうとうとと眠《ねむ》りについた。

数週間にわたった入院の間中、いくら待てども、京は江上の姿を見ることはなかった。

そしていつしか、京は彼のことを忘れてしまった。

一度として見舞《みま》いに訪《おとず》れない彼に、いったいなにがあったのかも、知らぬまま。

＊　＊　＊

十八年まえの記憶《きおく》を一気によみがえらせた京は、涙の浮《う》かんだ顔を歪《ゆが》めた。

「あのときは、助けていただいたのにお礼すら言えなくて、すみません」

ふたたび、深々と頭をさげた京へ、江上は「顔をあげてください」と言った。

「あなたは入院して、大変な状態だった。礼だなんだと、気にするようなことじゃない」

穏《おだ》やかな声に、彼がやっと認めてくれたことを知る。ほっとした京の表情は、泣き笑いになっていた。

犯人たちの目的は、京の家が資産家であることを知っての、身《み》の代金目当《しろきんめあ》ての誘拐《ゆうかい》だった。

しかも最悪なことに、京の誘拐を手引きしていたのは、いじめを見て見ぬふりでやりすごした教師だった。

京の件で責任追及《ついきゅう》されたことに腹を立て、飲み屋でくだを巻いていたところ、犯人グループと親しくなり、京の素性《すじょう》や家の資産状況《じょうきょう》などをその連中に暴露《ばくろ》したのだ。

——あのガキがいなければ、こんな目には遭《あ》わずにすんだのに。

逆恨《さかうら》みと酒の勢いで、復讐《ふくしゅう》してやるという男たちに乗せられ、小学校の時間割や京の帰る道筋などもすべて教えていた彼は、当然ながら共犯として逮捕《たいほ》された。

京自身は軽い怪我《けが》をしただけだったけれど、事件にひどいショックを受け、寝こんでしまった。その間に江上は、いなくなってしまった。

「被害者《ひがいしゃ》だった人間が、謝ることはなにもないんです。子どもを狙《ねら》った相手が卑劣《ひれつ》だった、ただそれだけの話だ」

どこまでも穏やかに言う江上に、京はかぶりを振《ふ》る。

「それでもぼくは、謝りたかったし、お礼を言いたかったんです」

じっと見つめる京に根負けしたように、江上が苦く笑う。

「あなたは、ずいぶんとちいさかった。俺のことを覚えているとは思いませんでした」

さきほどより気配のやわらいだ江上の静かな声に、京は「じっさい、忘れていました」とうなずいた。

「それでもずっと引っかかっていたんです。ぼくは、九歳から十歳のころの記憶がひどくあいまいで、どうもはっきりしなかった。両親には、転校したせいでいじめを受けたから、覚えていたくないのだろうといわれましたけど、納得《なっとく》いかなかった」

京は長い間事実を知らなかったけれど、空白の記憶を自分なりに探《さぐ》り当て、事実を知ったときには愕然《がくぜん》とした。

「退院前後のことは、まだいくつか、抜けている部分もあって……それでも、おおむねは思いだしました」

「……そうですか」

目を伏せた江上は、表情の読めない顔をしていた。彼にとっても苦い記憶を呼び覚ましたことは間違《まちが》いなく、ただひたすら申し訳ないと思う。

「江上さんは、事件のあとから、すぐに引っ越《こ》されたんですね」

江上は驚《おどろ》いたように息を呑《の》んだあと、低い声で「そこまで調べたんですか」と問いかけてきた。プライバシーの侵害《しんがい》もいいところだと叱責《しっせき》されても当然で、京は身をすくめる。

「家族がなにも教えてくれなかったので……すみません」

「さきほど、探偵《たんてい》事務所に依頼《いらい》をしたと仰《おっしゃ》っていましたが、そこで？」

「そうです。覚えてさえいれば、お礼を言ったのにと。そう思ったら、どんなことをしてでも見つけたくて、手段を選んでいられませんでした」

懺悔《ざんげ》を滲《にじ》ませた声で京は言った。それでも後悔《こうかい》はしていないと、彼の目をまっすぐに見る。まばたきもせずに見つめていると、京の大きな目は次第《しだい》に潤みを帯びた。

「忘れていた、と仰いましたよね。いつ、思いだしたんですか」

京は滲んだ涙《なみだ》を指で拭《ぬぐ》い、肩《かた》を落としてふっと息をついた。

「思いだしたのは十年まえです。高校三年生のときに偶然《ぐうぜん》、テレビ番組で世界タイトルを取ったボクサーの方が、あなたの話をされていた」

世界王者となったそのプロボクサーは、試合となれば鬼のようだが、ふだんは温厚《おんこう》な人格者としても有名で、お茶の間にも人気があった。彼が出演したバラエティ番組のトークコーナーで、過去の戦歴をとりあげられていた。そこで司会者からこんな質問をされたのだ。

——いままでで、いちばん苦戦した相手は誰《だれ》ですか？

——デビュー戦のときの、江上功光ですね。

画面が切り替《か》わり、画質の悪い、ほんの短いVTRが流された。顔が歪むほど激しく拳《こぶし》をぶつけあい、血まみれになったその姿は、たしかに江上だった。

——怪我で引退してしまいましたが、本当に強かった。続けてたら、俺はタイトル取れなかったと思います。

話はすぐに、いまのライバルについての質問に切り替わり、江上の名と顔が電波に乗せられたのは時間にしてほんの一分足らずのことだった。それでも、京の記憶を呼び覚ますには、充《じゅう》分《ぶん》な一分間だったのだ。

「思いだしてからすぐ、あなたのことを調べました。最初は探偵事務所なんて思いもよらなくて、インターネットで検索《けんさく》して……あの事件のことを扱《あつか》っているページがあった」

京が入院していた間に江上は、とんでもないことになっていた。

複数の犯人と大乱闘《らんとう》になった江上は、ひどい重傷を負った。しかも本来ならば京を助けた功労者であり、感謝される立場であるはずの彼は、拳が凶器《きょうき》にもなるプロボクサーであったことから過剰防衛《かじょうぼうえい》とされ、傷害で逮捕された。

情状酌量《しゃくりょう》の余地ありとして執行猶予《しっこうゆうよ》がつき、実刑《じっけい》にはいたらなかったものの、逮捕歴は残ってしまった。おまけに目に近い場所に怪我を負ったことで片目の視力が落ち、彼はボクサーとしては生きていけなくなってしまったと知ったとき、京は呆然《ぼうぜん》となってしまった。

(なんであんなこと、忘れてしまったんだろう)

慕《した》っていた彼が突然《とつぜん》消えてしまったとき、きっと幼い自分は混乱したはずだ。けれどそれもいつしか、日々に流されて薄《うす》れてしまったのだろうか。

それとも、もしかしたらあまりのことにショックを受けた心が、事件に絡《から》んだすべてを記憶から強引《ごういん》に消し去ったのかもしれない。

仮説はいくらでも立てられたけれど、それは意味のないことだ。京は事実として彼を忘れ、忘れられた江上は人生を歪められたまま、去ったのだから。

「ぼくは、あなたの人生をめちゃくちゃにしてしまった。おまけに、そのことをずっと知らなくて」

江上が一般《いっぱん》人であれば、いまもわからなかっただろう。しかも世界戦をまえに暴力事件に巻きこまれ、消えてしまったボクサーについて報じる記事は、けっしてやさしいものではなかった。

「あなたはぼくを助けてくれたのに、人道的に正しいことをしただけなのに、まるで考えなしに暴力を振《ふ》るったように書かれていた」

人気ボクサーであったころには、もてはやし、褒《ほ》めそやしていたマスコミは、江上の過去まで暴《あば》きたてていた。

施設《しせつ》育ちであること、親がいないこと。それはけっして彼の咎《とが》ではないのに、もともと不良で乱暴者だったなどと嘘《うそ》ばかりを並べ立てた記事に、京は全身が沸騰《ふっとう》するほど腹を立てた。

「本当に、なんてことをしたんだと思いました。できることがあるなら、なんでもしたかった」

けれど記事を読んだ時点で、すでに事件から八年が経過していた。なにもかも取り返しがつかなくて、京はうつむき、申し訳なさに唇《くちびる》を噛《か》んだ。

「いまさらすぎて、迷惑《めいわく》だと思います。でも、どうしても謝りたくて——」

「終わったことです」

なにをどう詫《わ》びていいのかわからないという京に、江上は静かな声でそう言った。その響《ひび》きになぜか不安なものを覚え、京がはっと顔をあげると、江上はまるでなだめるように言った。

「さきほどは、失礼しました。あのころのことは、お互《たが》い思いださないほうがいいと考えていたので……けれど、却《かえ》って失礼なことをした」

「いえ、いいえ！　ぼくが、黙《だま》っていたのが悪いんですから」

穏《おだ》やかに微笑《ほほえ》む彼の表情に、京は思わず涙ぐむ。責められこそすれ、こんなふうに笑ってもらえるとは思ってもいなかった。

「本当に大きくなった。元気そうでよかった。それだけが気がかりだった」

「江上さん……」

湿《しめ》っぽくなりそうな空気をきらったのか、江上は京の頭を、昔と同じように軽く撫《な》で、話題を変えた。

「そういえば、あのときの犬は？」

「だいぶ、長生きしたんですけど。四年前に亡《な》くなりました」

「……そうですか」

コパンだけが江上と自分をつなぐ証拠《しょうこ》のようなものだった。あれからも公園に散歩にいくと、愛犬は必ず江上と遭遇《そうぐう》した場所で足を止め、ふんふんと鼻を鳴らして誰かを捜《さが》していた。

江上のことを忘れた京は、それがひどく不思議だったけれど、思えばコパンは恩人である江上を気にかけていたのだろう。恩知らずの飼い主とは大違《おおちが》いだ。

「学校の先生だと仰ってましたが、お父さんの会社に入らなかったんですか？」

口調は、十八年まえとはかけなはれて丁寧《ていねい》なものだが、ときどき子どもに対するような言葉《ことば》遣《づか》いが混じる。くすぐったいようなせつなさがこみあげ、京は潤《うる》んだ目を手でこすった。

「親には反対されましたけど、どうしてもなりたかったんです。いまはご存じのとおり、私立の小学校に勤めています」

「そうですか。夢が叶《かな》ったのなら、よかった」

江上はそっと噛みしめるように言った。彼自身の夢が叶わなかったことを思い、京は顔を歪《ゆが》める。

「……だからぼくは、浩志くんを責めきれなかった。彼がかつていじめられていたとき、本当に苦しんでいたのを知っているから」

つぶやくような声に、江上はなにも言わなかった。だがぴくりと眉《まゆ》が動いたことで、全面的には承伏《しょうふく》しかねる気持ちでいるのだろうことは知れた。

「きょうのことも、ぼくがもっと早くに気づいていれば、起きなかったんだと思うんです」

「卒業した生徒の、ひとりひとりの家庭の事情にまで、先生は口を出せないでしょう」

「違《ちが》います。ぼくがゆかりさんの担任だったころから、問題の芽はとっくにあった。新任だったからとか、そんなのは言い訳にならない。わかって、もっと話を聞いてあげるべきだったんです」

江上はふたたび口を閉《と》ざす。京は彼の不興を知りながら、わかってほしいと言葉を綴《つづ》った。

「自分みたいな子どもをもう、ひとりでも出したくないと思って。せめて子どもを護《まも》れるようになりたいと思いました。……あなたのように」

あの当時、小学校の担任は、京を護ってくれなかった。助けてくれたのは目のまえにいる、江上だけだ。そうありたいと思い、進路を決めたと告げる京に、江上はぽつりと言った。

「そんないい話じゃない」

苦笑いをする江上は、京の目から視線を逸《そ》らした。

「護ってやるだとか、どうとか。子どもの目のまえで暴力を振るった、前科のある男です。あまり理想化されても困る」

「理想化なんて」

「していますよ。さきほどの話もそうだけれど、おそらくキョウ……京さんは、理想主義なんでしょう。立派なことだと思いますが、誰にでも通じる話ではないと知ったほうがいい」

冷たい言いざま、逸れた視線。拒《こば》まれているのだとはっきりわかるその態度に胸が痛むけれど、しかたないことだと自分に言い聞かせた。

(押しつけがましく感じたのかもしれない)

自分ひとりで問題を処することすらできないくせに、口ばかり達者だと感じられてもしかたがない。けれど自分はともかく、江上に関しての言葉だけは聞き捨てならなかった。

「あなたがあのとき、暴力で対処してくださらなかったら、ぼくは死んでいました」

「そんなことは」

「事実です。それらしいことを、彼らは言っていました」

よみがえった記憶《きおく》のなかでもっとも強烈《きょうれつ》だったのは、口をふさがれ息ができなかったこと、そして犯人たちの言葉だ。

——めんどくせえな……こいつ、やったらまずいの？

——交渉《こうしょう》するまでは一応、やばいだろ。声聞かせろとか言われっかもだし。

「思いだしたあと、父や母にも確認《かくにん》しました。渋《しぶ》ったけれど……当時の供述内容も、教えてもらいました」

複数いた誘拐《ゆうかい》犯のなかには、薬物中毒の人間もいたそうだ。そのためか理性の制御《せいぎょ》がきかず、保身を計る仲間たちの思惑《おもわく》を裏切って、京をいかにして殺すつもりだったのかべらべらと語ったらしい。

「交渉する際に、手こずるようであれば暴行もくわえただろうし、父が渋ったら、ぼくの指を……落として、送りつけるなり考えたと、そうも言っていたそうですから」

江上はなにも言わなかった。ただ精悍《せいかん》な頬《ほお》が強《こわ》ばり、顎《あご》をぐっときつく噛みしめていた。

「そうでもなければ、子どもひとりさらうのに、あんなに武器を持っているとは思えません」

できの悪いクライムサスペンスのような事実を、京は淡々《たんたん》と口にした。十年まえ、事実を知った当時は混乱もしたけれど、そのときですら八年の月日が経《た》っていて、あいまいな記憶のせいもあり、どこか現実味がなかったのだ。

「幸い、PTSDの症状《しょうじょう》なども見られませんでしたから、ぼくは平気です」

京よりよほどつらそうな顔をする男をじっと見つめていると、江上が低い声でつぶやいた。

「だったら、どうしていまになって？」

ずっと京から目を逸らしていた男は、あきらめのまじったようなため息をつき、問いかけてくる。

「探偵《たんてい》が俺の周囲を嗅《か》ぎまわったのは二カ月まえだ。思いだしてからも、もう十年は経ってる。礼を言うにしても、時間が経ちすぎている。過去を掘《ほ》り返して、いったいなにがしたいんだ」

もっともな質問に、京は一瞬《いっしゅん》ためらった。だがここまできたらすべてを話すしかない。

「いまさら捜《さが》したわけじゃ、ない。本当は、ずっと捜していたんです」

江上のことを思いだしたあとからは、申し訳なくて謝りたくて、なにかできないかと必死に考えた。親にも打ち明けたけれど「終わったことを蒸《む》し返すな」とにべもなかった。

――昔のことを掘り返してどうするんだ。相手にも迷惑だろう。

父の話はもっともだと思ったけれど、京は納得《なっとく》できなかった。

だが結局、学生のころにはなにもできなくて、歯がゆい思いをするだけだった。

大学を出たあと就職した京は、二年間必死で自分の給料から貯金をした。それで調査費を捻《ねん》出《しゅつ》し、二十四歳になったときに人捜し専門の探偵を見つけて、調査を依頼《いらい》した。

「四年前、やっと見つけるための準備ができた。けれどなにしろ、時間が経ちすぎていました。あまりにも古い話で、あなたの足取りはなにも掴《つか》めなかった」

調査開始から、ろくな手がかりもなかった。依頼先も、実のないことだと乗り気ではなく、継続《けいぞく》調査を頼《たの》んでも断られ、三度ほど事務所を変えても江上のゆくえはわからなかった。

「ずっと捜して、捜して、ようやく見つかったのはこの店のおかげでした」

「あの雑誌の記事ですか」

こくりと京はうなずく。

「探偵事務所の方が、これじゃないかと連絡《れんらく》をくれたときには、本当に身体《からだ》が震《ふる》えました」

アークティックブルーの特集記事が掲載《けいさい》されていた際、江上の写真をもとに調べあげたところ、人相や特徴《とくちょう》がすべて合致《がっち》した、という報告があったときの気持ちを、いまでもなんと表現すればいいのかわからない。

「四年まえからずっと？　いったいいくら使ったんだ」

江上は顔を歪《ゆが》めるけれど、そんなことは問題ではないと京は答えなかった。じっさいには貯《ちょ》蓄《ちく》を使い果たし、金銭的には相当にダメージを受けてもいたけれど、彼に告げる必要などない。

調査を開始してから四年がすぎ、もう限界かと感じていた。調査費は年に数百万という額だ。私立校とはいえ、小学校教諭《きょうゆ》の給与《きゅうよ》はそれほどいいとは言いかねる。執拗《しつよう》にあきらめない京を見かねた父が援助《えんじょ》を申し出てくれたが、これは自分の問題だからと受けとらなかった。

「神様が、見つけてくれたんだと思いました。それくらい、ぼくには大事なことだった」

雑誌のおかげで江上が見つからなければ、さすがに調査を打ち切るしかなかった。幸運を喜ぶ京に、江上は苦い顔をした。

「そんな真似《まね》までしなくても、よかったんです。無駄《むだ》なことに、そんな代償《だいしょう》を払《はら》って」

あきれていいのか感心していいのかわからないといった顔をする江上に対し、京はきっぱりとかぶりを振《ふ》った。

「ぼくは、あなたに会うためだけにいままで生きてきました。だから、それでいいんです」

「ばかなことを」

「ばかなことではありません。……正直、自分でもおかしいのはわかってますけど」

会えなくなって十八年、一度は彼を忘れて、そして思いだしてから、もう十年。江上への執《しゅう》着《ちゃく》に常軌《じょうき》を逸《いっ》した部分があることは、誰《だれ》に言われずとも京がいちばんよくわかっている。

この時点でもう充分《じゅうぶん》、相手に気味悪がられてもしかたがないのだ。

「ぼくのことは、恨《うら》んでらっしゃると思います。でもどうしてもお礼が言いたかった」

「礼なら、もう必要ない。さっき謝ってもらいましたし、気持ちは充分です。あなたは知らないようだけれど、当時、あなたのご両親から相応の謝礼ももらっている。これ以上は困ります」

それは京も聞いていた。世間的に話が広まったことは止められなかったが、悪意のある記事を書いたマスコミについても、父ができる限りの抗議《こうぎ》をしたこと、江上には迷惑《めいわく》料として、かなりの謝礼を渡《わた》したことも。

「でもそれは、父がしたことであって、ぼくがしたことじゃない。それに……本当は、そういうことじゃないんです」

「本当は？　なにかあるんですか」

「……本当は、ただ、ぼくは」

京は震える胸をおさえるため、いちど言葉を切って口をきつく結んだ。

自分が人生をめちゃくちゃにしてしまった相手に、いまさらこんなことを告げても迷惑でしかないと知りながら、それでも言わずにはいられなかった。

「あなたが好きなんです」

「……は？」

なにを言われたのかわからないように、江上は口を開き、目を瞠《みは》った。驚《おどろ》くのは当然で、受けいれがたいことだというのもわかっている。

けれどいまさらもう、自分をごまかすことはしたくなかった。

再会して、はっきりとわかった。江上は京の初恋《はつこい》だった。そしてその面影《おもかげ》を探し続け、好きになる相手はすべて、彼に似た男ばかりだった。

（でもそんなことはもう、どうでもいい）

京はいまこみあげる思いだけを口にした。

「あなたのことが、ずっとずっと、好きだったんです。会いたかったのは、それでなんです」

江上はしばしの沈黙《ちんもく》のあと、うっすらと笑った。

「なにを言ってるんですか？　さっきのいまで、なにか混乱して――」

この反応も予想のうえだった京は、居住まいを正し、きっぱりと告げる。

「信じてもらえないかもしれませんが、本気です」

「待ってくれ。十八年会ってないんだぞ。店にきはじめてからも、まだ一カ月かそこらだ。俺とは、あのときがほとんど初対面だろう」

江上の言葉遣《ことばづか》いが、ふたたび崩《くず》れた。『俺』と言うたびにかつての彼がほんのすこし顔を出したようで、京は思わず微笑《ほほえ》んでしまう。

「でもぼくはずっと、あなたを知ってました。一方的にですけど……」

高校で江上のことを思いだした京は、自分なりに調べ、ボクサーとして活躍《かつやく》していたころの江上の情報を山ほど集めていた。かつて彼がやった試合のビデオもオークションで落札し、どんな些細《ささい》な記事でも手に入れた。

「いまならわかります。あれほど必死になって追いかけていたのは、あなたが好きだったからなんだって」

自分のヒーローに憧《あこが》れ、そのうちに、幼いころの初恋だったと気づいた。そう告げると、混乱したように、江上はかぶりを振っている。かなり引いてもいるようだ。

「先月のあのときが初対面だとしても、もう一ヵ月、ずっとあなたに会いに通っていました。好きになるには充分な時間です」

「だが」

「それに……すこしくらいは、お気づきだったんじゃないですか」

反論しようとした江上の言葉を制し、京がまっすぐに問いかけると、彼は苦い顔で黙《だま》りこんだ。表情は厳しいけれども、京のほのめかしを否定しようとしないことで希望が持てた。

京が素性《すじょう》をばらすまえまでは、彼との間に、ほのかなものが芽生えていたとわかっている。幾度《いくど》か目があうたび、江上と自分の間になにか、不思議な電流が流れたことを、わからなかったとは言わせない。

すくなくとも京が江上に好意を持っていたことくらい、気づかないほど鈍《にぶ》い男ではないだろう。なにより彼にとっても京が無視できる存在でなかったことは、いままでの事実が証明している。

「心配してくださったのも、気にかけてくださっていたからじゃないんですか」

「それは、あなたが無防備すぎるから」

「でも、ちゃんと成人した男です。きょうのような事態は、たしかに……ちょっと大変ではありましたけど、バーで誰かと親しく話した程度で注意を受けるほど、子どもではありません」

過保護すぎる態度の裏にはなにがあったのかとほのめかした京の言葉を、江上はいつものように受け流すのかと思われた。だが彼は無言のまま顔をしかめ、苦りきったように口元を手で覆《おお》うだけだ。

「絡《から》まれた、ただの常連客を、仕事を休んでまで手当てしてくださるのは、いつものことですか」

江上はやはり、答えない。無言のまま目を逸《そ》らすけれど、横顔に滲《にじ》む気配は、今夜、京が自分の素性を明かしたときのような拒絶《きょぜつ》とは違《ちが》っていた。

こうも強気に出られたのは、杜森や瀬良の言葉が、京の背中を後押ししてくれていたからだ。

――なんとなく空気違うんすよ。キョウさんきた日、けっこう機嫌《きげん》いいし。

――わたしも、江上さんはあなたがいるとき、壁《かべ》が薄《うす》くなっているとは思いますよ。

彼らと江上のつきあいは、アークティックブルーがオープンして以来、つまり三年にわたるものだ。いくら読めない相手だと言っていたところで、ふだんの彼らが見ている江上と、京と接するときの彼が違うことは明白だったと、その言葉に誇張《こちょう》は感じられなかった。

（無視はできないんだ）

不謹慎《ふきんしん》かもしれないけれど、自分のせいで彼が困っているのが京には嬉《うれ》しかった。

冷たく切り捨てられないのであれば、希望は持てる。期待も。京は深く息を吸って、まっすぐな言葉を彼に捧《ささ》げた。

「初対面と仰《おっしゃ》るのなら、ここからはじめてはだめですか？」

たたみかけるような京の言葉に、江上はますます顔をしかめた。

「はじめるって言われても、いったいなにを」

「江上さんは、ぼくは好みじゃありませんか？　まったく対象外でしょうか」

「いや、だから、ちょっと待て！」

きつい声を発したあと、腰《こし》を浮《う》かしかけた京の言葉を制するように江上は手のひらを見せたあと深々とため息をついて、「落ちついてください」と言った。

「昔のことと、いまとをごっちゃにして、わけのわからないことを言わないほうがいい」

「ぼくは落ちついています。動揺《どうよう》なさっているのは、江上さんのほうかと」

冷静に指摘《してき》すると、江上はいやそうに顔を歪め、京を睨《にら》んだ。怯《ひる》まず、京はなおも彼へと自分の想《おも》いを訴《うった》える。

「ぼくを好きになる可能性は、すこしもありませんか」

「だから――」

「彼女も、奥さんもいらっしゃらないんですよね。フリーだというなら、期待を持ってはいけませんか」

そのとき、彼の様子が一変した。さきほどまでは困惑《こんわく》を浮かべていた顔をひきつらせ、はっと短く息をついた彼は、ひどく皮肉な顔で嗤《わら》った。

「本当に探偵《たんてい》ってのは優秀《ゆうしゅう》だ。……どこまで調べられたのかわかりませんが、プライベートまでほじくり返すとは思わなかった」

突然《とつぜん》冷ややかになった江上の声に、京は「え？」と顔をしかめた。

「え、じゃないでしょう。たったいま自分で言ったじゃないですか。妻も彼女もいない。それも報告書で知ったことですよね」

「あの、その話は、じつは」

あくまで杜森に聞いたうわさ話なのだと京が言おうとしたところで、静かな怒《いか》りをたたえた男は吐《は》き捨てるように言った。

「すこし黙っていてください。さんざんそちらの話は聞きました。俺にも話させてもらうのが筋でしょう」

睨まれ、黙りこんだ京をまえに、江上はまた深々と息をついて口を開いた。

「もうご存じのようだから、はっきり申しあげます。たしかに、俺は女性より男のほうが好きな人間ですが、だからといって――」

「えっ？　江上さん、ゲイだったんですか」

黙れと言われたのに、京は驚きについ声をあげていた。予想外の反応だったのだろう、またもや江上があっけにとられた顔をする。

「じゃあ、可能性はありますよね？　考えるだけでも、していただけないですか」

にわかに意気ごむ京に対し、江上はもはや毒気を抜《ぬ》かれたような顔で目を見開いていた。

「……探偵事務所のほうで、調べたんじゃなかったんですか」

「いえそこまでは。雑誌の切り抜きを見つけてからすぐ、お名前と年齢《ねんれい》だけ確認《かくにん》して、江上さんだとわかったので」

確認のために調査をした際、報告書にあったのは店での評判程度で、細かい事情までは探《さぐ》ることができなかった。というより、雑誌で見つけない限り足取りすら追えなかったような探偵だ、彼の秘したプライベートなど嗅《か》ぎ当てられるわけもない。一応、江上の所在を突《つ》き止めたあとは素行調査の報告だけは受けとっていたが、そこに記された江上の私生活は、家と職場を往復し、たまにスポーツジムに通うだけの、ごく清潔なものでしかなかった。

「だから、江上さんのプライベートについては、お店の噂程度でしか存じあげません」

「誰がそんな話を、あなたに」

「杜森さんが。つきあっているのかと訊《たず》ねられたとき、ついでに教えてくださいました」

うわさ話をしてしまったことがうしろめたく、京がすこし声のトーンを落として告げると、自爆《じばく》した江上は心底疲《つか》れた顔で頭を抱《かか》えていた。だが、しばしの沈黙《ちんもく》のあと、はっとしたように顔をあげる。

「ちょっと待て、じゃあ俺がゲイかどうかも知らないで、いまの告白をしたと？」

怪訝《けげん》そうな顔での問いかけに、京は戸惑《とまど》いつつ「そうですが……」とうなずいた。江上は今度こそ呆《あき》れかえったように、力の抜けた声を発した。

「俺が、女以外無理だと言ったらどうするつもりだったんですか」

指摘に、京はぽかんとした顔になった。江上は「どうしたんです」と眉《まゆ》を寄せる。

「すみません。まったく考えてませんでした」

「考えてない？」

「きょうだって、いきなりこんなふうに言うつもりもなかったんです。ただ、夢中で、言えることはぜんぶ言ってしまわないとと思って、ただそれだけで」

あらためて言われてみると、自分はつくづくとんでもない真似《まね》をしたのだとわかる。いまさらながら京はうろたえ、顔色をなくした。

「すみません、ほんとに、なにも考えていなくて」

ちいさな声で詫《わ》びると、江上は無言のままだった。気まずい沈黙に京が息苦しくなっていると、彼はため息混じりの声で、ひどく残酷《ざんこく》なことを言った。

「かまいせんよ。さっきのいまだ。混乱しているのも当然です」

「え？」

「あまり、お気になさりませんよう。わたしも気にしませんから」

京は江上がなにを言っているのか、一瞬《いっしゅん》本当にわからなかった。数分経《た》って彼の意図したところ——告白を、まるでなかったことにされようとしていることに気づくと、さっと血の気が引いていった。

「そ……違います！　そんなんじゃ」

京の必死の否定を疲れたような苦笑《くしょう》で聞き流し、江上は立ちあがった。

「ともあれ、事情はわかりました。怪我《けが》もたいしたことないようですし、これに懲《こ》りたら、あまりひとり歩きはしないように気をつけてください」

「……江上さん？」

穏《おだ》やかな江上の声に焦《あせ》りが募《つの》る。京はあわてて江上の腕《うで》を摑《つか》み、口早に問う。

「迷惑《めいわく》でしたか」

「迷惑もなにも、お客さまの話をいちいち本気にするバーテンダーはいません」

「ぼくはあなたにとって、客でしかありませんか」

京が食いさがると、江上はやさしく微笑《ほほえ》んだ。困ったようなそれは、まるで子どもをあしらう表情で、相手にもされていないのだと気づかされる。

（なんで、そんな）

今度の壁《かべ》は、いままでの比ではなく分厚く、高い。そして堅牢《けんろう》だ。愕然《がくぜん》とする京に、江上はあくまでも淡々《たんたん》とした声で言った。

「そこまでして捜《さが》してくださったことを、逆に申し訳なく思う。でも俺はそこまであなたのことを覚えていたわけじゃない。というか、さっきの話をうかがうまで、忘れていました」

「嘘《うそ》です。だったらあんな顔はしない」

京がそう指摘するけれど、江上はまたもやそれを無視して話題を変えた。

「大貫さんは、おいくつになられたんでしたっけ」

江上は距離《きょり》を見せつけるように、名字で京を呼んだ。よそよそしさに眉をひそめつつ、「二十八です」と答える。

江上はふうっとため息をついて、京をたしなめた。

「それで、十八年前の初恋《はつこい》の相手が忘れられない？　そんなに子どもっぽいことを本気で言っているなら、どうかしてますよ。いっそ酔《よ》ってでもいることにしたほうが、恥《はじ》をかかないと思いますが」

口調こそやわらかいが、かなり辛辣《しんらつ》なことを言われた。自分にはもう近寄るなと警告されているのも、気配で伝わってくる。それでも京は、怪我をした手をぐっと握《にぎ》り「でも本当です」と言い張った。

「大貫さん……」

「京です」

訂正《ていせい》して、京は座ったままじっと江上を見あげた。この角度には覚えがある。十八年まえ、いつもこうして彼を見あげていたからだ。

「信じてください。ずっと好きだったんです。ストーカーじみてるって、自分でも思います」

信じられないと、彼は言葉では言わなかった。けれどその表情にありありと浮《う》かぶものを読みとって、京は歯がみしたくなる。

「どんな男とつきあっても、どうしても忘れられなくて、結局はうまくいかなかった」

おかげでここ数年――というより江上の調査を開始したころからは、誰ともつきあってはいなかった。自分でも情けない過去を暴露《ばくろ》する京の言葉に、江上は驚《おどろ》いた顔をした。

「つきあった男がいたのか」

自分がゲイだと知らずに告白したのかと驚いたくせに、江上もまた逆のパターンを想定してはいなかったらしい。それがおかしくて、京は苦笑した。

「言ったじゃないですか。二十八ですよ。誰も知らないわけじゃないです」

無節操に遊ぶような真似をしてはいないけれど、この年になればそれなりの経験もある。

高校時代、江上を思いだすまえから京は同じ高校の男性教師とつきあっていた。けれど江上の記憶《きおく》がよみがえってすぐ、はじめての恋人《こいびと》への違和感《いわかん》がひどくなって、別れてしまった。その後も、身体《からだ》の関係に至ったのは数人いたが、誰とも長続きはしなかった。それも当然だと、四年まえつきあった男に言われたことがある。

——初恋の相手、いつまでも引きずってるんじゃあ、無理だろ。

そのときは、恩人に対して失礼なことを言うなと言い返し、結局はそのけんかがもとで彼とは別れた。それ以後、誰とも恋はしていない。

京はゆっくりと立ちあがり、江上へと近づいた。あのころよりも縮まった身長差、近い目線。それでも背伸《せの》びしなければ、口づけの距離にはならない。

「ぼくの好みは、背が高くて声が低くて、すこしきつい顔をした、年上のひとばかりです」

「それが？」

「わかりませんか？　ぜんぶ、あなたに似てた。いままで好きになったひとも、はじめて寝《ね》た相手も、ぜんぶ、ぜんぶ、あなたの代わりだった」

すべては無意識の行動だったけれど、心の奥底ではわかっていた気がする。

どんな相手と恋をしても、どこかで江上と較《くら》べてしまう。京のなかには確固たる『理想の男』がいて、それと違《ちが》うと気づいてしまうと、一瞬で恋がさめてしまうのだ。

この十年、京はずっと江上のことを調べ続けていた。そこまで執着《しゅうちゃく》する対象がいることは尋《じん》常《じょう》なことではなく、当然ながら恋人になる男は京の感情を疑った。

「自分でも、執着じみていて本当にいやだった。だからあなたを見つけたとき、いろんな意味でチャンスだと思いました」

いまになって思えば、ようやくの再会は、京にとってあらゆる意味での賭《か》けだった。

現実の江上を知って幻滅《げんめつ》できれば、こんなわけのわからない妄執《もうしゅう》じみた片思いを終わりにできる——無意識でそんなふうに考えていなかったとはいえない。

「顔を見て、お礼を言って、謝って。過去に決別したいと、ぼくは思っていた」

「そうすればいい。いますぐ忘れて、終わりにすればいいんだ」

江上の強い言葉に、京は目を伏《ふ》せ、力なくかぶりを振《ふ》った。

「でも、だめだった。ぜんぶが無駄《むだ》だ」

「なにが無駄なんだ」

独白のような言葉に、江上は本当にわけがわからない、といった顔をした。自嘲《じちょう》気味に嗤《わら》って、京は最後のカードを切る。

「本物が目のまえにいるのに、代わりなんて意味がないんです」

ひと月まえ、彼の顔を見た瞬間《しゅんかん》のことを、いまでも覚えている。息が震《ふる》え、鼓動《こどう》が乱れた。緊張《きんちょう》と興奮のせいだと思いこんでいたけれど、なにもかも間違《まちが》えていた。

「勘違《かんちが》いだというのなら、恩を感じていたという、それこそが勘違いです。だって謝りたいだけなら、お礼を言いたいだけなら、さっさとあなたに言えばそれですんだことだ」

再会した江上は、顔立ちも声もなにもかも、すべてが京の好みだった。京の理想がそもそも江上なのだから、当然のことなのだ。そして一ヵ月の交流を経て、執着は薄《うす》れるどころか濃度《のうど》を増し、欲《よく》の絡《から》んだ熱があがっただけのことだった。

「ずっと捜していたんです。もういちど会いたかった。子どもっぽい思いこみだけなら、忘れてそれで終わりです。わざわざ思いだしたにしたって、十年も執念深《しゅうねんぶか》く追いかけたりしない」

江上は反論しなかった。ただじっと自分を見つめる彼に、京は精一杯《せいいっぱい》言葉を尽《つ》くした。わかってもらいたかった。

「ぼくの気持ちを簡単に決めつけたりしないでください」

「京……」

やっと名前を呼んでくれた。ただそれだけで胸が痺《しび》れ、目が潤《うる》む。こんな思いを京に味わわせるのは江上しかいないのに。

「ちゃんといろいろわかったうえで、ぼくはあなたが好きだと言っています。それは否定されたところで事実ですし、できればおつきあいしたいです」

強情《ごうじょう》に言い張ると、江上はふっと短く息をついた。根負けしたように、ほんの一瞬だけ目を逸《そ》らした彼は、さきほどと同じ、昔を懐《なつ》かしむような目で京を見た。

「頑固《がんこ》なところは変わってない」

「ぼくは頑固じゃありません」

「頑固でしょう。こうしたいと思ったらてこでも曲げない。……でも大貫さん、すべては過去ですよ」

また名字で呼ばれた。けれどいちいち気にしていてもしかたがないと、京はうなずく。

「わかってます。だから、いまからはじめたい。さっきも言いましたけど、あのときが初対面だと思ってください。そして、すこしずつでいいので、ぼくを知ってほしいです」

「知って、どうするって言うんですか」

「そのうえで、どうしても好きになれないなら、……恋人にできないなら、そう言ってください。そうしたら、そのときはあきらめます。でもいまのいま、簡単に拒絶《きょぜつ》されるのはいやです」

絶対の不可能と言い渡《わた》されるまであきらめないと、京は言いきった。

「お願いだから、チャンスをください」

京は手を伸《の》ばして、きつくひそめた眉《まゆ》と、彼の目元の疵《きず》に触《ふ》れる。ぴくりと眉を動かすだけで、江上は京の懇願《こんがん》に答えてはくれなかった。

その代わり、心臓を高鳴らせながら待ち続ける京に向けて、こう言った。

「ああ、そうだ。服を貸す約束でしたね。お待ちください」

「え……」

京がなにを答える隙《すき》も与《あた》えず、江上はさっと身を翻《ひるがえ》した。別室に向かったかと思えば、数分で戻《もど》ってきた彼の手には、マフラーと厚手のジャケットがある。

「わたしのジャケットですが、大貫さんならコートとして充分《じゅうぶん》でしょう。サイズはあいませんが、これを羽織ってマフラーをすればさほど違和感はないと思います」

「あ、あの」

戸惑《とまど》っているうちに、彼はさっさと京の身体にそれを着せかけ、カシミヤらしいやわらかなマフラーをきれいな形に巻いて、襟《えり》の隙間《すきま》を埋《う》めた。

「これでいい。気をつけてお帰りください」

「江上さんっ！」

口調とは裏腹に、強引《ごういん》な力で腕《うで》を引っぱって追い出そうとする。たたらを踏《ふ》んで抵抗《ていこう》するけれど、力の差はいかんともしがたく、京はあっという間に玄関《げんかん》へと送りだされた。

もがく足に無理やり靴《くつ》を引っかけさせ、ドアを開けて外へと押し出そうとする江上に逆らって、京は足を踏ん張る。

「早く、帰りなさい。昔のことなど、忘れたほうがいい」

「忘れません」

「大丈夫《だいじょうぶ》。十八年まえ、あなたはちゃんと忘れた」

やさしい、と言ってもいいほどの表情と声で、なぜそんな残酷《ざんこく》なことが言えるのだろう。

「十年無駄にしたせいで、逆に執着しているんです。たいしたことがない男だと知れば、幻滅してあっさり終わる話です」

「幻滅なんかしません！」

「あなたの理想の男と、現実のわたしを混同するほど、子どもではないでしょう。大貫さんは頭のいいひとだ。すぐに、それに気づきます」

江上の表情は、またあの客をあしらうときのものに変わっていた。届かない相手が悔《くや》しくて、強引に江上に抱《だ》きついた。

「おい、なにを、……！」

不意を突《つ》かれてよろけた彼の首に手をかけ、ぐいと引き寄せて、京は唇《くちびる》を奪《うば》った。

至近距離《しきんきょり》で、江上の目が見開かれる。驚《おどろ》いた彼の反応が鈍《にぶ》ったのをいいことに、薄く開いた唇に吸いつき、角度を変えてこすりあわせた。

切れた唇の端《はし》が痛む。おおぶりの絆創膏《ばんそうこう》がじゃまで、がさついた感触《かんしょく》を与えているのがせつなく、持てる限りのキスの技巧《ぎこう》で相手の唇を愛撫《あいぶ》した。

「ん、んっ」

くぐもった声が、腰《こし》の奥に落ちてくる。ぞくりとして、強引に絡めていた腕の片方を江上の後頭部にまわし、さらに深く唇を結びあわせた。

肩《かた》にかかった江上の手に、迷いが滲《にじ》んでいる。いまここで京を突き飛ばせば、おそらく玄関の扉《とびら》に激突《げきとつ》するか倒《たお》れて転倒《てんとう》するのは間違いない。

（中途半端《ちゅうとはんぱ》に、やさしいくせに）

京を拒否《きょひ》するくせに、突き放すこともできない。遠ざけるくせに、不安定な体勢の京が転ばないよう、さりげなく腰を支えている。

「……すき」

ほんの一瞬《いっしゅん》唇を浮《う》かせ、薄皮《うすかわ》いちまいの距離《きょり》で京はささやいた。どろりとした蠱惑《こわく》をつめこんだような誘惑《ゆうわく》の響《ひび》きに、自分でもぞくりとしたけれど、江上の身体《からだ》は目に見えて震えた。

「好き、江上さん……」

茫然《ぼうぜん》と開かれたままの唇に舌を這《は》わせる。ぬるりとしたそれは、まだかすかに血の味が残っていた。そのせいか、江上の口腔《こうこう》へとほんのすこし滑《すべ》りこませたところで、彼はやっと正気づいたようだった。

「やめなさい！」

摑《つか》んだ肩を引き剝《は》がされ、腕の長さのぶんだけ距離をとられる。

「いいか、二度とこんなことはするな」

ぞっとするほど低い声で江上は京を牽制《けんせい》した。怒《いか》りにまみれた視線は、こちらを射貫《いぬ》くほどに鋭《するど》くきつい。

江上は額を長い指で押さえ、「帰りなさい」と玄関《げんかん》を指さした。それでも京が強情に動かないでいると、顔をひきつらせ、江上は険しい形相で怒鳴《どな》りつけてくる。

「帰れ、早く！」

「いやだ」

完膚《かんぷ》無《な》きまでに叩《たた》き潰《つぶ》されるまで、この恋《こい》は捨てない。彼の顔を見あげ、京は宣言した。

「ぼくはあきらめません。幻滅《げんめつ》もしない」

「な……」

「思いこみの理想を押しつけてるんじゃない。あなたが好きだ。それをわかってもらえるまで、絶対に、逃《に》がしません」

決意を滲《にじ》ませて、京は言い放つ。江上は一瞬、眉《まゆ》をひそめて睨《にら》みつけてきた。

「だったら、こっちも本音で話させてもらう」

憎《にく》んですらいるかのような、痛烈《つうれつ》な拒絶《きょぜつ》を見せるまなざしに、京はさすがに怯《ひる》む。

「正直言うと、あのころのことは思いだしたくもないんだ。だが、きみが周囲をうろつくと、いやでも思いだしてしまう。というか、悪いけれど、そこまで執着《しゅうちゃく》されるのは気持ちが悪い」

吐《は》き捨てるような言葉は、さすがにぐさっときた。

自分の存在は江上に不快感を与《あた》えるだけ。当然のことだが、言葉としてぶつけられるとさすがにこたえた。

(きらわれるかもしれない。今度こそ。……でも)

なにを考えているのかわからないような穏《おだ》やかさより、激した彼のほうがましだ。それでもきつい言葉には顔が青ざめる。たったいままで触れていた唇は濡《ぬ》れてふくらみ、じんじんと疼《うず》いて熱かった。このあまい疼きを与えた唇から、どんな罵詈雑言《ばりぞうごん》が飛び出したところで、京をあきらめさせることなどできない。

「あきらめません」

京が青ざめながら言い張ると、江上は激昂《げきこう》したように怒鳴りつけた。

「いいかげんにしろ！　おまえがやってることは、さっきの小僧《こぞう》と同じだ！」

江上に指摘《してき》されるまでもなく、告白を断った瞬間の浩志の姿が頭をよぎった。あのときひどく胸が痛かったのは、それがまるで自分の姿のようにも思えたからだ。

押しつける気持ちは迷惑《めいわく》なだけ。わかっていてそれでも京はくじけなかった。

「そんなの、わかってます！　簡単にあきらめられるくらいなら、こんな思い、してない！」

江上と出会って十八年、彼の存在を思いだしてからだけでも、もう十年だ。人格形成と生き方のすべてに根ざしている男を、いまさら忘れることなどできない。

「こんなにあなたに執着して、自分でも気持ちが悪いと思います。ときどき本気でいやになった。なのに、それでもあきらめられない！」

自分でもどこで踏ん切りをつければいいのか、京にもわからなくなっている。声を荒《あら》げて訴《うった》えると、互《たが》いにもう探す言葉が見つからなくなった。

膠着状態《こうちゃくじょうたい》に、江上は舌打ちして吐き捨てる。

「だったら抱いてやればいいのか」

「え……」

なんのことだと目を瞠《みは》る京は、突然《とつぜん》腕《うで》を引かれたかと思うと、視界がぐるりとまわるのを知った。いったいどうやったのかわからないままふわりと床《ゆか》に押し倒され、茫然とする。

「勝手な理想を押しつけるな。しかもやり口があざといんだよ。毎度毎度会うたびに震《ふる》えて、同情を引くような真似《まね》をして、鬱陶《うっとう》しいんだ」

「そんな……っんんん！」

京がなにか言うより早く、唇が奪われる。嚙《か》みつくような勢いに、手当てされた唇の端が切れる。口腔の血の味をねぶりつくすように強引に舌をさしこまれ、じたばたともがいた。

「……っうあ、江上さんっ、や、やめっ」

突き飛ばそうと思ったとたん、手首の骨が軋《きし》むほどに摑まれ、硬《かた》い床に押しつけられた。抵抗もむなしく身体を探《さぐ》られて強引に下肢《かし》の服だけを引き下ろされ、萎《な》えたままの股間《こかん》をきつく握《にぎ》られる。京がうめき、苦痛から逃《のが》れるために反らされた首筋へ江上の歯が食いこむ。

豹変《ひょうへん》した江上の態度と乱暴な扱《あつか》いにショックを受け、京は青ざめながら声を絞《しぼ》り出した。

「いやだ、こんな。どうして」

「無防備にしているなと言ったはずだ。好きだなんだと言うが、最終的には俺とやりたいってことだろう」

「そんな、違《ちが》う」

「だったらやっぱり、セックスも考えたことのない子どもの恋愛《れんあい》ごっこか」

「違う！　でも、でもそういうことじゃなくて――」

冷たい目で見おろされ、衝撃《しょうげき》に固まっている京に「遊んでやる」と江上は吐き捨てた。

「上客だと思うからおとなしく相手してやったが、いいかげんうんざりだ。勝手に思いこまれるのも、つけまわされるのも、気持ち悪いんだよ」

突きつけられた言葉が、ざっくりと京の胸を切り裂《さ》いた。愕然《がくぜん》と目を瞠った京を一瞥《いちべつ》し、江上は「なんなんだ、その顔は」とあざ笑った。

「自分の思いこみがはずれて、やっと目が覚めたのか？」

（なに、これ……）

あまりの事態に、全身が脱力《だつりょく》した。抵抗《ていこう》がゆるんだと見てとったのか、強靭《きょうじん》な指で縛《いまし》められていた京の手首が自由になる。

「ほら、やってやるからさっさと脚《あし》を開け」

江上は、硬直《こうちょく》して体温をさげた細い脚を乱暴に手のひらで押しやり、一向に熱くなることのない性器をいかにも適当にいじった。いかにも面倒《めんどう》くさそうな、乱雑な手。そんな扱われかただけは我慢《がまん》ならなくて、京は最後の力を振《ふ》り絞った。

「い……いやだ！」

必死に腕《うで》を振りまわすと、江上の顔を殴《なぐ》りつけた。ちいさくうめいて揺《ゆ》らいだ彼の身体を蹴《け》りつけ、下肢の服を引きあげると這うようにして拘束《こうそく》から抜《ぬ》け出す。

「そんなことをしたいと言ったつもりは、ありません！」

涙《なみだ》ぐんだ京が息を荒らげて叫《さけ》んでも、突き飛ばされ、しりもちをついた体勢のまま江上は追ってこない。玄関《げんかん》の隅《すみ》、壁《かべ》に身体をつけて狼藉《ろうぜき》を働いた男を睨みつけていると、彼は乱れた髪《かみ》を梳《す》いて深いため息をついた。

「好きだとか言ったところで、その程度でしょう」

「え……」

「お礼になんでもするといいながら、身体を勝手にされるのはいやだと言う。だったら、いったいなにがしたいんです？　告白したらあっさり受けいれられて、大事に愛されるとでも？」

冷ややかに指摘され、京は唇《くちびる》を噛んだ。

ただ、会いたい、お礼を言いたいと一方的に通いつめた。ふるならふってくれていいと言いながらあきらめないと気持ちを押しつけ、いざ差しだせと言われれば逃げる。

たしかに江上が言うとおりだ。自分はいったい、なにを望んでいたと言うのだ。

凍《こお》りついた京に、静かに江上が言った。

「妄想《もうそう》と現実を混同するな。いい大人なんだから分別をつけて、もう目を覚ましなさい」

立ちあがった江上から目のまえに手を差しだされ、へたりこんだままの京がびくっと震えた。

彼はしかたなさそうに笑った。その目の奥には、さきほどの凶暴《きょうぼう》な光などかけらもない。見知った穏やかな江上の姿が、そこにあるだけだ。

それを見たとたん、どっと胸の奥の内圧があがるのを京は知る。

（違う。そうじゃなくて）

あきらめさせないでいるのは、江上のこのまなざしだ。拒絶《きょぜつ》するくせに、壁が高いのに、京を見るほんの一瞬、鋭《するど》い眼光はやわらぐ。大事ななにかを見つめてでもいるかのように。

そんな目で見るから、しつこく望みをつないでしまいたくなるのだ。けれどひどく感覚的で、なんの確証もないそれを江上に伝えるより早く、彼はこの夜を終わりにすると宣言した。

「昔のことに負い目を感じているのかもしれないけれど、ムキになっているだけです。大貫さんは、わたしのことなど好きなわけじゃありません」

「ちが……」

反論は許されず、京は腕をとって起こされた。くしゃくしゃになったジャケットとマフラーをなおされ、引きあげただけだったボトムも、さきほど暴《あば》いたときが嘘《うそ》のような手つきで丁寧《ていねい》にもとに戻《もど》される。

口元の、剝《は》がれかけた絆創膏《ばんそうこう》をそっと押さえたときだけ江上の指がぴくりと動いた気がした。けれど彼の出すサインはいつもとてもささやかすぎて、ごまかそうとする言葉や態度にまぎれてしまうから、京はどうしていいのかわからない。

（あなたも、ぼくを好きではないんですか）

拒絶するのにやさしいのはどうしてですか。冷たいことを言って突《つ》き放すのに、なぜそんなふうに触《ふ》れるんですか——口にすればまた勝手な理想の押しつけだと叩き落とされる程度の『確信』は淡《あわ》すぎて、京の言葉は失われる。

「気をつけて帰りなさい。いま、タクシーを呼びました。すぐしたにいますから」

携帯電話《けいたいでんわ》を手にした江上の言葉に、本当にもうだめかもしれないと思った。京がぼんやりしている間に、彼はそんなことまですませていた。明確な温度差に、絶望が足下《あしもと》からこみあげてきて、まっすぐ立っているのが精一杯《せいいっぱい》だ。

背中を押されるままのろのろと靴《くつ》を履《は》き、玄関に立った京は青ざめた顔で江上を見あげた。

「もう、本当にだめなんですか」

懇願《こんがん》に返ってきたのは、穏《おだ》やかな視線と無言の拒絶だ。彼を見つめていると、涙があふれてくる。もう、なにを言えばいいのかわからない。それでも最後の望みだけは捨てられず、すがるように声を絞り出した。

「お、お店にいくことだけは、許してもらえますか」

「お客さまのご来店を拒《こば》む権利は、わたしにはありません」

プロとして見逃《みのが》す。ただそれだけだと微笑《ほほえ》まれ、京は悲痛な顔で深々と頭をさげた。

「助けてくださって、ありがとうございました」

返ってくる声はなく、沈黙《ちんもく》する江上の気配に押されて外へ出る。

背後でドアが閉まる瞬間、こらえていた涙が滲《にじ》みそうになった。けれども、身を切るような十二月の風のせいだと自分に言い聞かせ、京は何度もまばたきをした。

階下まで降りると、江上が言ったとおりタクシーが到着《とうちゃく》していた。

「――まで、お願いします」

後部座席に乗り込み、疲《つか》れた声で目的地を告げると、こらえた涙がどっとあふれてくる。

江上はつれないことを言うくせに、本質的には京をきらっているわけではない。それが感じられるから、望みを捨てられなかった。

けれど、江上が京に応《こた》える気はまったくない。それを思い知らせるための乱暴だったことくらい、衣服をなおしたときの手つきでわかっていた。わかっていて、なにもできなかった。

(あきらめさせるために、あんなことまでさせたんだ。ぼくは)

自分が不甲斐《ふがい》なく、江上に申し訳なくて、タクシーの後部座席で京は涙の滲んだ顔を両手で覆《おお》った。

切れた唇の痛みより、キスの余韻《よいん》のほうがずっと強く疼《うず》いていた。

＊　＊　＊

それから数日は、ぼうっとしているうちにすぎた。

両親からは、正月にはちゃんと帰省——近距離《きんきょり》でこの言葉を使うのも妙《みょう》なことだが——するようにと言われていた。京は大晦日《おおみそか》に顔を出し、元日の朝に両親と初詣《はつもうで》にいったあと、仕事があるからと言って、誰《だれ》もいない自宅に戻った。

新年を迎《むか》えたからといって、なにが変わるわけでもなかった。交通量が減り、人通りもすくなく、ふだんよりすこし静かだ。けれどすこし歩けばコンビニは一年中変わらずに開いているし、いまどき正月に営業を休む店はそう多くない。

静かなのは、昨晩から降りはじめた雪のせいもあるのだろう。しんしんと降り積もる雪は、ひさしぶりに東京の街を雪化粧《ゆきげしょう》で覆っていた。

近場の商店街や個人経営の飲食店、喫茶店《きっさてん》はさすがに正月休みになっていたけれど、母に持たされたおせちとコンビニがあれば、数日食いつなぐくらいはできる。

正月の二日目、京は家にこもってどこにもいかず、ひとりで孤独《こどく》をかこった。子どもたちのための新学期の宿題や教材をいくつか作った。集中したせいで、仕事はかなり進んだ。

三日目の昼ごろ、誰からも連絡《れんらく》がこない自分についてしみじみと考えた。ここ数年、仕事と江上の調査にかまけ続けて、恋人《こいびと》どころか友人とも疎遠《そえん》になっていたから、暇《ひま》になっても遊んでくれる相手はいない。

午後になるころには、大人数のタレントやお笑い芸人が出てきて、賑《にぎ》やかに話すだけの正月番組にも飽《あ》きていた。また教材でも作ろうかと思ったけれど、そんな気分にもなれない。

床《ゆか》に転がったまま、壁にかけてある大きなジャケットとマフラーを見つめた。

江上に会うための口実はまだある。クリーニングから戻ってきたあれを返しにいけばいい。けれどそのあとはどうする?

立ちあがって、京はジャケットの長い袖《そで》に触れた。スタンダードな型のツイードジャケットは上質な生地《きじ》で、江上が着たらさぞ似合うのだろうと思った。

ハンガーにかけたそれのカバーをはずすと、ぎゅっと抱《だ》きしめた。クリーニングで洗われて、残っているのは洗剤《せんざい》とアイロンのにおいだけなのに、江上のぬくもりやにおいがかすかに残っている気がして、深く息をつく。すべては記憶《きおく》の残滓《ざんし》でしかないのに、胸がくるしくなった。

こんなことをする自分がみじめだと思ったけれど、それでも京は思うのだ。

突き放されてもつれなくされても、江上に会えずにいた時間より、いまのほうがずっと生きている実感がある。

——ぼくは、あなたに会うためだけにいままで生きてきました。

あの言葉を嘘にしないためにも、京は変わらずにいなければならない。そうでなければ自分の十年を、江上を知ってからの十八年を、すべて否定することになるのだ。

そっとジャケットから手を離《はな》し、京はよれた皺《しわ》を手で伸《の》ばした。そしてふと、以前読んだ本のなかに見つけたウィラ・キャザーという女流作家の言葉を思いだす。

『ひとりでは多すぎる。ひとりでは、すべてを奪《うば》ってしまう』

その言葉が記されていた本は一九八〇年代中盤《ちゅうばん》に日本の大学教授が書いたもので、いまだにベストセラーになっている名書だ。

著者である教授は、この場合の『ひとり』とは恋人を示すものだと註釈《ちゅうしゃく》をくわえていた。理性的な文章のなかで恋について触れているのが印象的で、驚《おどろ》いた。

むろんこの本の本題は恋愛論《れんあい》などではないから、狭《せま》い視野でひとつのことだけにしがみつくと、すべての秩序《ちつじょ》が崩壊《ほうかい》するという、独自の思考術へと展開されていくわけで、本題のまえのほんのさわりでしかない。

けれど京はその『多すぎる』という言葉にどきりとし、そこばかりが強く記憶に残っている。

たぶん、京も多すぎるのだ。そうでなければ、本当にうっすらとしたつながりしかない相手にこうも長い間執着《しゅうちゃく》したりしない。江上が持てあまし、突き放そうとするのも当然のことだと思う。

鬱陶《うっとう》しい。迷惑《めいわく》。気持ち悪い。投げつけられた言葉が胸の奥でねっとりと黒いなにかに変わり、息を止めそうになるけれど、色あせた現実でも生きていかなければならない。

江上に助けられたからこそ、絶望して折れているわけにはいかないのだ。

もう一度ジャケットを撫《な》でた京は、それを丁寧にハンガーラックからはずしてふたたびカバーをかけ、たたみ、紙袋《かみぶくろ》へとしまいこむ。

外出着に着替《きが》え、その紙袋を手にとると、できるだけ顔をあげて雪の降る外へと足を踏《ふ》みだした。

さくさくと新雪を踏みながら駅までの道を歩く京の目には、ぎりぎりのところでこらえた痛みだけが滲んでいた。


小一時間かけてアークティックブルーへとたどり着くころ、京の身体《からだ》は冷えきっていた。

「いらっしゃいませ！　あけましておめでとうございます！」

にっこりと出迎《でむか》えてくれた杜森に「おめでとうございます」と返して、京は雪に湿《しめ》ったコートを脱《ぬ》ぐ。「お荷物とコートを預かります」と言われ、京は手にしていた紙袋は、このままでいい、と断った。

「これは江上さんにお返しするものなので」

京がそう告げると、杜森はすっと眉《まゆ》をひそめた。どうかしたのかと目顔で問えば、彼は言いにくそうに「あの、キョウさん、江上さんとなんか揉《も》めました？」と問いかけてくる。

「どうして？」

「なんか、すっげえ機嫌悪《きげん》いんすよ。あんな江上さん、見たことなくて」

京は答えなかった。なおも聞きたそうにする杜森にちいさく笑いを返し、寒さのせいだけでなくひりひりと痛む皮膚《ひふ》をこらえて店内に足を踏みいれる。すぐに気づいた江上がカウンターのなかで顔をあげたけれど、その目は外気温に勝《まさ》るとも劣《おと》らないほど冷たかった。

「……こんばんは。あけましておめでとうございます」

青白い顔で告げると「いらっしゃいませ」と返してはくれる。だがいっさい京の目を見もせず、それどころかオーダーをとろうとすらしない。拒絶《きょぜつ》のオーラをびりびりと出したまま、硬《かた》い顔をしている江上は、京と口をきくつもりすらないようだ。

「これ、先日お借りしたものです。クリーニングには出してありますから」

「そうですか、ありがとうございます」

そっけなく冷ややかな言葉。プロフェッショナルな江上らしからぬ冷たい態度と、ふたりの間の冷ややかな空気は周囲にも違和感《いわかん》を覚えさせるのだろう、通りかかった瀬良はかすかに顔をしかめ、杜森はしきりに首をかしげている。

「客を拒《こば》むことは、しないんじゃなかったんですか」

「来店を拒みはしないと申しあげたんです」

低い、感情のない声が京を拒絶する。それでもめげずに彼のまえへと——いつもの京の定位置へと座り、「お酒とごはん、おすすめをお願いします」と告げた。

江上は無言のまま、手元の注文票になにかを書きつけ、カウンターの背面から続く厨房《ちゅうぼう》へとそれを持っていった。ものの数分で戻《もど》ってきた彼は、グラスを磨《みが》いたり酒の整理をしたりと、およそ酒を作るような気配はない。どういうことだと京が戸惑《とまど》っていると、微妙《びみょう》な顔をした杜森がトレイに、ガラスマグを載《の》せて運んできた。マグの中身はシナモンスティックのささったホットミルクとおぼしきものだ。

「えー、ホット・エッグ・ノッグです。アメリカふう卵酒ですね。あたたまりますよー。あと、チーズとハムのホットサンド」

あははと明るく笑いつつ、むっつりとした江上と京の顔をちらちらと見比べている杜森が気の毒になり、京は「ありがとう」とぎこちなく笑ってマグを手にした。

口元に運ぶと、ふわっとあまいアルコールの香《かお》りがした。味は、あたたかいミルクセーキにアルコールを垂らしたようなものだった。京にあわせて、極力酒量を抑《おさ》えているのだろう。

あまくあたたかいそれは、寒い外からきた身体《からだ》をほんのすこしあたためてはくれた。おそらく火を使うタイプのカクテルだから、厨房に言いつけたのだということは理解できる。

それでも、江上が京のためにはその手を動かす気がないことや、運ばれた料理が手早く食べてしまえるものであること――要するにさっさと帰れと示されてしまったことは、つらかった。

あたたかいエッグ・ノッグをすすると、鼻がぐずりとなった。寒い時期にあたたかいものを飲むと、温度差の刺激《しげき》で鼻腔《びこう》が反応するだけだ。けっして泣いているわけではないと自分に言い聞かせ、京はハムとチーズ、ベシャメルソースの挟《はさ》まったホットサンドを極力急いで食べた。

「ごちそうさまでした。またきます」

江上は目もあわせないまま、ちいさな会釈《えしやく》だけで、とうとう最後まで口を開かなかった。

「……どうしたんすか、あれ。こないだまでいい感じだったのに」

会計に向かった京へ杜森が問いかけてくる。気遣《きづか》わしい目をされたけれど、本当のことが言えるわけもない。京は「ちょっと怒《おこ》らせてしまって」とだけ答え、詮索《せんさく》をかわした。

「ぼくが、悪いんです。だから、見ないふりしていてください」

「いいっすけど……あっ、そうだキョウさん。よかったらこれ書いてってよ」

心配そうな顔をした杜森は、京が追及《ついきゆう》されたくないのを察したのか話題を変えた。

「会員特典のお年玉キャンペーン、まだやってますから。よかったら」

メンバーズシートを差しだされ、京は苦笑《くしよう》した。この店で京が素性《すじよう》を知られたくないことは暗黙《あんもく》の了解《りようかい》になっていたが、杜森は失念していたらしい。そしてもう、偽《いつわ》るべき事情も隠《かく》すべきものも、なにもない。京は素直に受けとって、住所と氏名、電話番号を記入した。

「へー、大貫……あれ？　キョウさんじゃなくて、ケイさんなんだ？」

氏名欄《らん》の読み仮名《がな》を見て声をあげた彼に「キョウはあだ名だから」と笑いかける。ふと視線を感じて振《ふ》り向くと、江上の姿が見てとれた。彼はこちらを見てはいない。けれどいつだって江上のことを京は意識し続けている。

（こんな形だけでも、関《かか》わるのを許してください）

せめて店という接点だけでも残したくて、自分の存在を記した。詫《わ》びるように見つめる京の視線が逸《そ》れるまで、江上は絶対に顔をあげようとはしなかった。

＊　＊　＊

正月が明け、冬休みが終わり、日常が戻ってきた。

あれから京は開き直り、用事がない限りほぼ毎日アークティックブルーへと顔を出した。江上の態度は軟化《なんか》しない。どころか日に日に露骨《ろこつ》に避《さ》けられるようになり、もはや店内でも京と江上の冷戦――といっても江上の一方的な攻撃《こうげき》だが――は、あからさまだ。

この日はカウンターに京が腰《こし》かけたとたん、江上は言い訳を作って場をはずし、瀬良や山下に対応を丸投げしたあげく、京が会計に立つまで戻ってこなかった。

――すみません、キョウさん。なんか、江上さんも意固地になってるみたいで……。

山下はあまりの態度をたしなめようと思ったそうなのだが、子どものようにふて腐《くさ》れてサボるわけではなく、誰《だれ》もが反論できない用事をきっちり作って消えるから、文句の言いようがないのだそうだ。ちなみに本日の用事は、厨房の手伝いだった。

――もともと江上さん、手が足りないと厨房のほうも入ったりしてくれてたんですよ。キョウさんがくるようになってから、むしろカウンターにべたづきだったんで、もとに戻しただけだって言われてしまうと、もうどうにもこうにも。

困ったなあ、と頭を掻《か》く山下に、つくづく申し訳なかった。何度も「いいですから」と手を振り、店を去ってきたが、さすがに京もくじけそうになっている。

（めげそう）

店からの帰り、電車に揺《ゆ》られながら、京は青白い瞼《まぶた》を閉じた。車窓を流れる風景は、ふわりと白い。この日は曇天《どんてん》だったけれど、まだ溶《と》けきらない雪が屋根やビルを覆《おお》っている。

一月もなかば、もう成人の日もすぎた。年末のできごとからこっち、江上が声をかけてくれなくなってすでに三週間近い。心がぽっきりと折れそうで、それでもなんとか踏《ふ》ん張っているのは、わかりやすいいやがらせを江上がしてくるからだ。

あからさまで完全な無視は、無関心ではない。彼が本当の意味で京を閉め出したのなら、むしろ穏《おだ》やかに、それこそ最初にあの店に通いはじめたときのように丁寧《ていねい》に接してくるだろう。

いじめられて喜ぶのも変だと思う。苦しいしつらいけれど、せめて顔を見られればいい。きょうはそれすら拒まれたが、存在を感じられるだけでもいいのだ。

本気でストーカーになってしまったかな、と自嘲《じちよう》した京が自宅沿線へ乗り換《か》えるためにターミナル駅で降りたそのとき、「あれ、先生！」という声が聞こえた。

「浩志くん？」

「どーも、ひさしぶりです。偶然《ぐうぜん》。びっくりした」

一瞬《いっしゅん》またつけられたかとどきりとした。だが浩志も本気で驚《おどろ》いているし、制服姿の彼の肩《かた》には重たそうなバッグがさげられている。ちらりとそれを見ると、彼は「あ、これ」と笑う。

「泊《と》まりがけで、進路講演会があったんだ。勉強合宿っていうか。中身は教科書ばっか」

「ああ、じゃあいま帰り？」

「うん。……えっと先生、いま話せますか」

問われて一瞬迷ったが、浩志の顔は年末のあの日よりずっと落ちついている。なにより、江上につれなくされている自分のつらさを思うと、真剣《しんけん》な目をしている彼を無下に扱《あつか》うことなどできなかった。

「いいよ、じゃあ、そこにでも入ろうか」

駅のコンコースにあるファストフードチェーンを示すと、浩志はうなずいてついてきた。安いコーヒーをふたつ買い、おごると言うと浩志は恐縮《きょうしゅく》したが「年上の顔は立てなさい」と京が笑うと、素直に「ありがとう」と頭をさげる。

「えと、まずはごめんなさい。あのあと、怪我《けが》とかだいじょぶでしたか」

「ああ、うん。それは平気。すぐに治ったよ」

擦過傷《さっかしょう》も打撲《だぼく》もひどいものではなく、一週間もすれば痕《あと》もなくなってしまった。それを手当てしてくれた彼のことを思うと、いつまでも疵痕《きずあと》が残ればいいのになどと思ったが、もしそんなことになれば、いま目のまえにいる青年を傷つけてしまっただろう。

「それよりきみのほうは？　おうちのこと、どうなった？」

「えーと和輝さんが、ゆかりと俺に説教っつって……」

あのあと和輝は本当にゆかりを呼び出し、兄妹《きょうだい》を自宅に招くと正座でみっちり三時間、説教したのだそうだ。むろんそのなかには、荒《あ》れてしまった家庭環境《かんきょう》をどうしたいのかという話も含《ふく》まれ、彼らの義父が悪質すぎるようなら法的な手段をとるしかないとも教えられたという。

「なんつうか、さすが東大っていうか、コネも伝《つて》もてんこもりあるし、援護射撃《えんごしゃげき》もしてやるからって言われて。家族会議のとき言うことぜんぶ、レジュメ作って叩《たた》きこまれた」

議事録もつけろと言われたのだと笑う浩志に、京は「……なんかさすがに発想が違《ちが》うね」と目をまるくする。

「そんで、信頼《しんらい》できる親戚《しんせき》いるかって言われて。伯父《おじ》さんがいるっつったらそっちにまず話せって。伯母《おば》さんもいいひとだし、いとことゆかり、仲いいから話してみるって……じつは正月の間、俺たち伯父さんちにずっといたんだ」

「お母さんは？」

「……ずっと知らなかったけど、DVされてたから、あいつに逆らえなかったって。出て行けって言ってたのも、家にいると俺たちが殴《なぐ》られるから、逃《に》げろって意味だったみたいだ。いま、伯父さんが弁護士頼《たの》んでくれて、離婚《りこん》の話になってる。んで、推薦《すいせん》は辞退した。いまの時期からだと、俺が大学にいくころ、家がどうなってるかわかんないし」

結局そういうことになってしまったのか、と京は顔をしかめてしまった。けれど浩志はどこか、さばさばと「だから進路講演会に出たんだ」と笑う。

「和輝さん、推薦とかみみっちいこと言ってんなって、高校時代のノートとか譲《ゆず》ってくれたんだ。頭いいひとのノートってすごいよな、めっちゃわかりやすい」

「え、じゃあ彼が家庭教師してくれるの？」

「うん。これから一年みっちり叩きこんで、国立にストレートでぶちこんでやるって」

嬉《うれ》しそうに浩志はうなずき、きらきらした目で和輝がいかにすごいかを語った。言葉は乱雑だし大胆《だいたん》すぎて度肝《どぎも》を抜《ぬ》かれることはあるけれど、和輝の聡明《そうめい》さは京にも理解できる。年齢《ねんれい》が近いぶんだけ、浩志にとっての彼はわかりやすい指針として強烈《きょうれつ》な存在なのだろう。

自分の力不足は悔《く》やむけれども、本当に浩志にとってよかったと思う。

「だからもう、俺、先生にあまえないよ」

感慨《かんがい》に耽《ふけ》っていた京は、まっすぐにこちらを見る浩志の言葉に、はっとした。

「好きって、それは本気だったけど、ああいうのは違ったんだってわかった。それに……たぶん俺が好きだったのって、五年まえの先生なんだなって、いまは思う。理想だけ押しつけて、ほんとにごめんなさい」

京はその言葉に、なんと言えばいいのかわからなくなった。十以上年下の浩志がこうして目を覚まし、すっきりとした顔をしているのに、自分はと言えばずるずると江上に執着《しゅうちゃく》し、つれなくされて嬉しいなどと浸《ひた》ったことを考えているのだ。

情けなく、恥《は》ずかしかった。無言でうつむいていると「やっぱり許してくれないのかな」と哀《かな》しそうに問われ、京はあわててかぶりを振る。

「いや、とっくに許してたよ。だから、気にすることないんだ」

「よかった。じゃあ、えっと……あのひとに、言いつけない？」

ほっとしたように胸を撫《な》でおろしたあと、おずおずと浩志は問いかけてくる。あのひととは誰だと首をかしげ、「和輝さんにってこと？」と京が問えば、彼は逆にあきれた顔をした。

「なんで和輝さんが関係あんだよ。じゃなくてあの怖《こわ》い顔のおっさん。江上さんだっけ？」

「え……江上さんが、なに？」

突然《とつぜん》彼の名前を耳にして、ぎくっと京は固まる。浩志はそんな京に気づかず、さらに思いがけないことを言いだした。

「ほんとはあのおっさんに、二度と先生には近寄るなって言われたんだ。だからきょうとか、偶然会ったってのも黙《だま》っててほしいんだ」

浩志が懇願《こんがん》する意味がわからず、京は「え？」と目をしばたたかせる。

「近寄るなって、それ、いつ……？」

「いつって、あの次の日。俺、和輝さんに、店のひとにも迷惑《めいわく》かけたから詫《わ》びいれろって言われて、あの店にいったんだ」

山下らは、知らぬうちに起きたことだと鷹揚《おうよう》に許してくれたらしいが、じっさいあの事件のせいで戦力である江上が抜けたのは間違《まちが》いない。そういえば自分はろくに彼らに詫びもいれていなかったと、京はまたもや情けなくなったが、続いた浩志の言葉に思考が停止してしまった。

「店長さんとかほかのひとは、やさしかったけど……帰りにおっさんに呼び止められて、怒《おこ》られたんだ。好きなやつ脅《おど》してどうするんだって、これからさき、先生のことすこしでも傷つけたら容赦《ようしゃ》しないからって」

ひゅ、と京は息を呑《の》んだ。そんなことは知らない。聞いていない。なにより、あの日の翌日ということは、京が江上にけんもほろろに追い出されたあと、ということになる。

「どうして、そんなこと」

内心の疑問を無意識に口にした京へ、浩志は悔《くや》しそうに、けれどあっけらかんと言った。

「どうしてって、あいつ先生のこと好きなんだろ？　正直、負けたって思った。あ、大人の本気ってすげえ怖《こえ》えって。そしたら俺が好きとか言ってんの、ぜんぜんニセモンだって」

京は胸が激しく高鳴るのを抑《おさ》えきれなかった。そして混乱もした。あれほどつれなくされ、しかも脅しつけてきた江上の態度と、浩志の言葉がつながらない。

「好きなら護《まも》ってやるもんだって言ってた。先生は怖いのとか、本当にだめなんだって。昔の、い、いことでもつらくなるひとだから、怖いことは思いださせちゃいけないから、近づくなって」

浩志が口にした言葉で、欠けていたピースがおぼろに見えた気がした。京はまばたきも忘れて黙りこんでいたが、沈黙《ちんもく》の意味を誤解した浩志がおずおずと問いかけてくる。

「あの、でもきょうは偶然だから、ノーカンってことにしてもらっていい？」

「あ、ああ、うん。もちろん。ていうか大丈夫《だいじょうぶ》、きみのことは怖くない」

よかった、とほっと息をつく浩志は、そのあと今後の予定をひとしきり話し、駅で別れた。

路線の違う電車に乗るもと教え子を見送ったあと、京はさきほどの言葉を噛《か》みしめる。

――怖いことは思いださせちゃいけないから、近づくなって。

どきどきと胸が震《ふる》えている。もしかして、もしかして、と胸の奥で期待する気持ちが蝶《ちょう》のように羽ばたいている。

脅すなと言い、怖い思いをさせるなと言い、そのくせに京に冷たくする男。彼の言う『昔の怖い思い』は――十八年まえの、あのときのことしかあり得ない。

（あのひとがぼくを拒《こば》むのは、そのせいなのか？　だったら、それはどういうことなんだ？）

図々《ずうずう》しいうぬぼれでもかまわない、本当に最悪だと言われない限り引き下がりたくない。

京は電光掲示板《けいじばん》で電車の時刻を確認《かくにん》する。浩志と話しこんだせいで、すでにいずれの電車も終電が近い。何度もそれをたしかめたあと、京はおもむろに携帯電話《けいたいでんわ》を取りだし、短縮の一番にはいっている番号を呼びだした。

「……もしもし、父さん？　遅《おそ》くにごめん。ちょっと、聞きたいことがあるんだ」

ターミナル駅のコンコース、ひとの流れのなかで立ち止まり、京はきびすを返した。そしてあの深海のようなうつくしい店へ、そして彼の部屋へと続く路線のホームへと向かっていった。

ふたたび京が西麻布の街にたどり着いたころには、とうに日付が変わっていた。まだアークティックブルーは営業中の時間だったけれども、平日ということで、一時には店を閉めることは知っている。片づけにはどれくらいの時間がかかるかはわからないけれど、二時間も三時間もかかることはないだろう。

＊　＊　＊

(これなら、待てるかな)

江上のマンションの入り口、エントランスの階段に腰《こし》かけた京は、途中《とちゅう》のコンビニで買いこんできた使い捨てカイロを揉《も》み、数本用意した缶《かん》コーヒーをコートの懐《ふところ》にしまいこんだ。

ぐるぐるとマフラーを首に巻いて、防寒対策は万全《ばんぜん》だ。エントランスに扉《とびら》があるタイプのマンションでよかった。すくなくとも風を防げることに感謝する。そして古いマンションの入り口に、暗証番号や認証キーはいらないことも幸いした。管理人がいれば閉め出されるところだけれど、すでに管理人室のカーテンは引かれ、帰宅しているらしい。

「しかし、本当にストーカーだな」

つぶやくと、集合ポストの並んだエントランスに声が響《ひび》いてぎくっとした。京は誰《だれ》も見ないというのに口を手のひらで覆《おお》い、暇《ひま》つぶしにと鞄《かばん》のなかにはいっていた、宿題のプリントをチェックする。ときどきかじかむ指にはカイロと赤ペンを交互《こうご》に握《にぎ》り、○と×をつける作業に集中していると、あっという間に時間が経《た》ってしまったらしい。

靴音《くつおと》が無人のエントランスに響き、京は顔をあげた。ガラスのドアが開き、蛍光灯《けいこうとう》の灯《あか》りで青白い空間のなかに、背の高い男がはいってくる。

うつむいているせいか、彼はまだこちらに気づかない。疲《つか》れたようなため息をつき、京のいる場所へと近づいたところで、江上はやっと足を止めた。

「なにしてる」

ぎょっとしたように目を瞠《みは》った彼は、制服姿のままだった。近すぎるせいで、このまま出勤しているのかと思うとすこしおかしく、京は「こんばんは」と微笑《ほほえ》んだ――つもりだったのだが、冷えきっていたせいでそれはひどくぎこちないものになってしまった。

「真っ青だろうが。いつから待ってた！」

「え、江上さん、夜中です、夜中」

「あてつけがましく待ち伏《ぶ》せまでして、本当にどういうつもりだっ」

舌打ちした彼に腕《うで》を引っぱられ、京はあわててプリントを抱《かか》えた。鞄にそれをしまう余裕《よゆう》ももらえずに、三階までの階段をのぼらされる。江上の横顔は険しく、腕は痛い。寒いなかうずくまっていたせいで足はもつれるし、腰もつらい。

けれども京の顔には、さきほどよりずっとやわらかな微笑が浮《う》かぶ。

「とにかく風呂《ふろ》にはいって、あたたまれ」

採点に夢中になっていて気づかなかったが、どうやら一時間近くあの場所で待っていたらしい。凍えきっていた京は、怒った江上にバスルームに押しこまれた。

今回《ここ》はうえからしたまでぜんぶ、服を借りた。下着はシャワーを浴びている間に江上が買ってきてくれて、風呂あがりにはホットワインまで用意されていた。

「ありがとうございます。ご迷惑をかけまして」

江上のものであるだぶだぶのスウェットは指先まですっぽりと袖《そで》で覆うくらいに長く、京は熱いカップをその袖で覆って、両手に持つ。首にタオルをかけたままホットワインをすする。

オレンジとシナモンの香《かお》りと、ハチミツのあまみが芯《しん》まで冷えていた身体《からだ》に染《し》みていく。

「おいしいです」

「なにを暢気《のんき》な……」

ソファに座った江上は、制服のベストを脱《ぬ》ぎ、ボタンをいくつかはずした白いシャツとスラックスだけの姿だった。ラフな格好をすると、四十代近いというのが信じられないくらい引き締《し》まった身体のラインがよくわかる。

京はぺたりと床《ゆか》に敷《し》かれたラグに座り、こくこくとホットワインを飲んだ。

「もういいかげん、こういうのはやめてくれ」

沈黙のあと、江上は疲れたように諭《さと》す。なんだか本当にぐったりしている様子に申し訳なくなりながら、京は「こういうのって、なんでしょうか」とすまして言った。

「ストーカーならやめません。きらわれても通いつめます。家にだって押しかけます」

「だから、そういうことじゃなくっ……」

「そういうことじゃないなら、江上さんに心配をかけることを、やめろという意味ですか」

京はそこで顔をあげた。江上は目を見開いたまま固まっている。彼が気持ちを立て直し、またごまかされてしまうまえにと京は口を開いた。

「さっき浩志くんと偶然《ぐうぜん》会いました。謝りたいというから、コーヒーを飲んで話しました」

江上がなにか言いかけるのを防ぐように、口早に言葉を続ける。

「いまの彼は受験で頭がいっぱいで、ぼくのことは昔の憧《あこが》れだったと言ってくれました。そして謝ってくれました。それから江上さんにはこのことを言わないでくれとお願いされました」

言葉を切った京は、じっと江上を見る。彼は顔を歪《ゆが》め、ふいと視線を逸《そ》らしてしまった。

「浩志くんは、あなたがぼくを好きなのだと、負けたと思ったと言いました。好きなら護ってやるべきだって仰《おつしや》ったそうですね。怖《こわ》いことを思いださせるなら遠ざかれと」

「……一般《いっぱん》論だ。あと、暴走しがちな若いやつに説教しただけだ」

往生際《おうじょうぎわ》の悪い。京はあらかた飲み終わったホットワインのカップをテーブルに置いて立ちあがり、彼へと近づく。彼の広い肩《かた》がにわかに緊張《きんちょう》し、けれどそれを悟《さと》られまいとしているのは見てとれた。

「江上さん。ぼくは、あなたといても怖くないし、パニックにもなりません」

ぴくりと江上の手に力がこもった。京はもう数歩近づいて、落ちている広い肩に手を添《そ》え、そっと彼に抱《だ》きつく。

「でも冷たくされたら哀《かな》しいし、傷つきます。泣きます。傷つけたくないなら遠ざけないでください」

「おまえは、なにも……」

「知ってます。さっき知りました。父に電話して、ぜんぶ聞きました。事件のあと、目が覚めたとき……ぼくは、あなたを見て怯《おび》えたんだそうですね」

はっきりと江上の身体が揺《ゆ》れた。その頭を抱えこんで、京はじわりと涙《なみだ》ぐむ。


さきほどの電話で、京は江上と再会したことを含《ふく》めて父親に話を問いただし、過去の事実をさらに詳細《しょうさい》に知った。

十八年まえの事件後、周囲の大人はPTSDの不安から、細かいことを京に教えていなかった。忘れてしまったならばそのほうがいいという医師の判断もあり、一部では誘導《ゆうどう》的に忘れるよう、催眠療法《さいみんりょうほう》的なことも施《ほどこ》されていたのだそうだ。

『とくに、江上さんのことは、意図的に排除《はいじょ》した。残っていたものや、彼につながる……ボクシングの話題なんかも、わたしたちはずっと、見せないようにしたんだ』

京が落ちついて聞けることを再三確認《かくにん》した父親は、長い沈黙《ちんもく》をようやく破り、封印《ふういん》した過去を打ち明けてくれた。

「どうして、そんなことをしたの？」

『おまえが、見舞《みま》いに来た江上さんを見ると取り乱して、手がつけられなかったからだ』

「取り乱したって、どうして……」

『血まみれだった彼のことと、誘拐《ゆうかい》されかかったことを同時に思いだしたみたいだった。いやだ、いやだって泣き叫《さけ》んで、ショック症状《しょうじょう》を起こしたんだ』

江上が病室に入ってくるなり、京は顔を強《こわ》ばらせ、泣き叫んだ。引きつけを起こし、過呼吸で意識を失ったことさえあったそうだ。

『事件の直後だからかと思ったが、彼が何度訪ねてきてくれても同じだった』

――いやだ。死んじゃう。怖《こわ》い。怖い。

繰《く》り返しわめきちらして、鎮静剤《ちんせいざい》を与えたこともあったという。そのときの江上は、無表情ながらやはりつらそうだったと告げられ、京は愕然《がくぜん》となった。

『江上さんには、本当に失礼なことだと思った。けれど、京にこれ以上ショックを与《あた》えたくないから、申し訳ないけれど引っ越《こ》してくれと頼《たの》んだんだ』

ひどい怪我《けが》をして視力も落ち、人生を賭《か》けたボクシングも捨てることになり、あまつさえ前科までつく羽目になった彼に、むろん両親は相応の謝礼を申し出た。だが江上は、引っ越しにかかる費用以外はいっさい受けとらなかったという。

――俺のことを彼が忘れられたら、そのほうがいい。たぶん、二度と会わないほうがいいんでしょう。ご両親も、俺のことは教えないでいてください。

『だからおまえが高校生のとき、彼のことを思いだしても、会うことには反対だったんだ。事件後は、本当に……ひどい状態だったから』

いまだに京を子ども扱《あつか》いする父親にそう教えられ、彼らが必要以上に過保護な理由も同時に知った。そして、自分がどれだけの人間に護《まも》られているのかも。

そして父は京の予想を後押しするひとことを言ってくれた。

『もし、いま江上さんが京と会わないと言っているなら、おそらくそのときの約束を守ろうとしてくれているのだと思う。それから、おまえ自身の心のことも』

江上をはじめに拒絶《きょぜつ》したのは、誰あろう自分こそだった。そのことは衝撃《しょうげき》でもあり、同時にいままでの彼の行動すべての理由を明白にした。

そして京は、いままでの比ではない罪悪感と、歪んだ歓喜《かんき》に打ちのめされた。

「なにも知らないで、……江上さんが、ぼくのためにどれだけしてくれたかもぜんぶ、忘れて、本当にどうすればいいのかわからなかった」

江上は無言のままだったけれど、不安定な体勢でしがみつく京の腰《こし》へそっと腕をまわし、自分の膝《ひざ》に座らせるようにして抱《だ》きかかえた。

「本当に、ぜんぶ抱えさせてごめんなさい。護ってくれたのに、傷つけて、ごめんなさい」

言葉と同時に涙があふれ、京は洟《はな》を啜《すす》った。江上は京の顔を胸に押しつけ、「傷ついてない」とやさしく低い声で言った。

「おまえが怖がるのもあたりまえのことで、なにも謝る必要なんかない」

京はその言葉にかぶりを振《ふ》り、江上の首にしがみつく。

「ごめんなさい！　ごめんなさい、ごめんなさい……！」

子どものように泣きじゃくる京に、江上はふっと力の抜《ぬ》けた笑いを漏《も》らした。

「泣くな、京」

それは昔となにも変わらない、本当の江上の声だった。ぶっきらぼうだけれど、やわらかい。いつでも京をやさしくあやす、いちばん大好きな男のひとの声だ。

「ず、ずっと、護ってくれて、ありがとう」

泣きすがる京に、江上は根負けしたかのように、「もういいから」と笑いかける。

「本当に、礼はいらないんだ」

でも、と京が言いかけるのを江上は視線で制する。そしてやんわりと包むようにして抱きしめられ、京は広い胸のぬくぬくとした抱擁《ほうよう》に、はからずも黙《だま》らされてしまった。

ぽんぽん、と本当に子どもにするように背中を叩《たた》かれる。

「礼がほしくて助けたわけじゃないし、おまえにはもっと大事なものをもらった」

「……なにを？」

「なんだろうな。情……とか、そういうのか。ずっと俺はひとりだったし、さきのことも、正直いってどうでもよかった」

いずれにせよボクシングを続けていれば、怪我も視力も、最悪命すら危《あや》うくなる可能性は高かった。そういうタイプの人間だった、と彼は言った。

天涯孤独《てんがいこどく》で、ひたすら拳《こぶし》を振るう以外にろくな友人もいなかった江上に、唯一《ゆいいつ》明るく笑いかけたのが、幼かったころの京だったと言う。

「慕《した》ってもらえるのは、そうは見えなかったかもしれないけど、俺には嬉《うれ》しかった」

「迷惑《めいわく》ばっかり、かけたのに？」

「怖がられずに、好意を示されること自体がめずらしかったんだ。あのころのおまえは、本当に……絵本から出てきた理想の子どもみたいで、そんなきれいなものにくっつかれてたら、悪い気はしない」

江上の言葉とやさしい表情に、京はすこし嫉妬《しっと》した。彼はまるで、あのころの京を最上として、どこか高い祭壇《さいだん》にでも置くべき存在だと思っているかのようだ。そのおかげで、十八年も経《た》ってこんなに複雑に関係がねじれたのだと思うと、どうしても顔をしかめてしまう。

こんがらがった内心に気づかない江上は京のしかめ面《つら》に「なんだ？」と目をまるくする。かぶりを振って、京はなつかしい名前を口にした。

「えっと、緒田さんは……？　ともだちじゃなかったんですか？」

京の言葉に、江上は「よくそんな名前、覚えてるな」と笑い、ふっと真顔になった。

「ジムを辞《や》めたときから会ってない。その程度のつながりだ」

その言葉に、親切で明るい彼にすら、江上は一線を引いていたらしいと知らされる。

「俺の、本当に近くにいたのは、あとにもさきにもずっと、おまえだけだった」

江上が心から気にかけていたのは、本当に京ただひとりだったと言われ、どうしていいのかわからなくなる。言葉をなくし、じっと江上を見つめると、昔のように頭を撫《な》でられた。

彼の目にはまだ、幼い笑顔《えがお》で慕ってくれる少年の姿が映っているのだろうか。

急にそれが不安になって、京は広い肩に頬《ほお》をこすりつける。あまえる仕種《しぐさ》を許してくれるのに、江上はまだ、遠い。

「あんな、ひどいことに巻きこんだのに？」

「助けることができた、そのことのほうが嬉しかった。だからべつに後悔《こうかい》もしていないし、元気でいてくれれば、それでよかった」

あっさりと言ってのけるけれど、平坦《へいたん》な道ではなかったはずだ。迷惑をかけるばかりだった子どものために、あれほどの目に遭《あ》って恨《うら》まなかったわけがない。

それでもいまの江上は、そこそこ幸せに生きていると笑う。

「早いうちにリタイヤしたおかげで、バーテンダーの勉強をする時間もあったし、資格もとれた。パンチドランカーになってから引退するより、むしろ安定してるんじゃないかと思う」

言葉を切った江上は、そう言っていちどだけぎゅっと強く、京を抱きしめた。どきりとして、彼を抱き返そうと思うより早く、すっと身体《からだ》を離《はな》される。ふたりの間にできた隙間《すきま》が寒くて、京がすがりつこうとするのを彼の言葉が制した。

「だからもう、俺にこだわるのはやめてください。ほかにいい男はいくらでもいる。歳の近いやつも。こんなうらぶれた中年に関《かか》わるのは、時間の無駄《むだ》だ」

「もう、その話はこの間、さんざんしたでしょう」

どうしてもあなたがいい、すべて江上の身代わりだったとさえ言ったのに、まだわかってくれないのだろうか。

「好きに、なれないなら、それはしかたがないです。でも、江上さんに誰《だれ》か好きなひとができるまでは、いっしょにいていいですか」

「大貫さん、だから」

「京って呼んでください。昔みたいに。そうじゃなきゃもう、江上さんとは話しません」

まるでだだっ子のような台詞《せりふ》を、とてもそうとは思えない覚悟《かくご》の表情で言いきって、京は立ちあがった。そしてスウェットを、おもむろに脱《ぬ》ぎ捨てる。

江上がぎょっとしたように身じろぎ、「おいっ！」と声を荒《あら》らげるけれど、かまわずに京はボトムへと手をかけた。

「身体だけでもいいです。なんでもいい。役に立ちたい」

「……やめなさい」

「やめません。どうしてもあきらめたくない。あげられるのがセックスだけなら、もらってください。あなたからもらえるのがそれだけでも、ぼくはかまいません」

「やめろ、京！」

荒い声を発した江上が、下着ごとおろそうとする京の手首をきつく摑《つか》む。じっとその目を見つめると、彼はどこか痛いところでもあるような顔で京をじっと見ていた。

「この身体は、好みじゃありませんか。愛されなくてもいいから、そう言ってもだめですか」

「京、やめろ……そういうことじゃない」

「じゃあ、どういうことでしょう」

たたみかけると、江上は京の手首を摑んだままうなだれた。肺の奥からすべてを押し出すようなため息をつく彼に、なんだか可哀想《かわいそう》になってくる。

しょげる江上など見ていたくはなくて、京はたまらずに彼の頰を両手に包んだ。瞼《まぶた》のうえにある疵《きず》にそっと触《ふ》れ、撫でて、唇《くちびる》を押し当てる。

江上は、それを拒《こば》まなかった。それだけで本当に胸があたたかくなって、京は「好き」と何度も繰《く》り返した。

「気持ちの押しつけなのもわかってる。でも好き。愛してます」

「京……」

「罪悪感も責任感もいらない。もう大人です。でも、お願い、冷たくは、しないで……」

声が震《ふる》え、止まったはずの涙《なみだ》がまた溢《あふ》れ出す。連日、そっけない態度を取られ、思った以上にこたえていたことを知った。

「ほかの誰かとどうにかなったって、そのひとたちはぜんぶ、あなたの代わりでしかない。そんなふうに、ぼくを遠ざけないでください。そんなの、いやだ……」

泣《な》き濡《ぬ》れた顔をくしゃくしゃに歪《ゆが》める京を、彼は怒《おこ》ったような顔で抱き寄せてくる。

「おまえ、ずるいだろう、それは」

卑怯《ひきょう》な物言いと知りつつ、つけこめるものなら彼のやさしさにつけこみたい。同情でもいいからそばにいたいのだ。京は必死に彼にしがみついた。

「だって、江上さんに愛してもらえなかったら、一生ひとりです」

「……さんざん、あちこちに好かれてるだろう」

「ぼくが愛してほしいのは江上さんだけなんだから、そうじゃなければ誰もいないんです。ほかはいらない。ぼくは、本物だけがほしい」

あきれ混じりの声に文句を言うと、江上は、深々とため息をついて京の身体を抱《かか》え直した。京もまたその首にしがみついて「いっしょにいて」とせがむ。

「なんでもする。なんでもするから」

「べつになにもしなくていい。……っとに、愛されて育ったやつには勝てないな」

だだを捏《こ》ねればわがままが通ると思ってる。そう揶揄《やゆ》されて、違《ちが》うと言いかけた唇に、江上の指が触れた。黙るようにという仕種、それだけのことなのに、彼からそっと触れられたことが思う以上に京の胸をときめかせる。

「俺のほうが、おまえだけだったんだ。元気でいるだろうかって、想像していればそれだけで、クソみたいな人生のなかで、俺もひとつはいいことをしたんだと思えた」

京以上に、江上の懐《ふところ》に入った人間は誰もいなかった。その言葉は重く深く、そして哀《かな》しい。

(ひとつは、って。もっとずっと、価値のあるひとなのに)

江上のなかにある深い空洞《くうどう》のようなものは、もしかしたら京が思うよりずっと深淵《しんえん》で、もしかしたら一生彼の胸の裡《うち》を知ることはできないのかもしれない。

けれどそれでも、隣《となり》にいることを許されるなら、端《はじ》っこを埋《う》めていくくらいのことはできるのではないかと思う。

「本当に、こんな中年がいいだとか、趣味《しゅみ》が悪い」

「江上さんは、中年じゃない……」

自嘲《じちょう》する彼に、京は泣いたせいですこしだけ子どもっぽくなった口調で抗議《こうぎ》した。江上は、力の抜《ぬ》けた表情で笑う。

「わかった。飽《あ》きるまではつきあう」

「飽きません。……逃《に》がしませんから」

観念したように告げる江上に、十八年も待った相手をいまさら逃がさないと京は宣言する。そしてほっとしたように微笑《ほほえ》んだとたん、くしゅんとちいさくくしゃみが出た。

「ああ、そんな格好でいるから」

床《ゆか》に落ちたスウェットシャツを拾い、肩《かた》にかけようとする江上の手を、京は掴んで止めた。そしてじっと彼の目を見つめ、「子どもじゃない」とささやきかける。

「あたためるなら、違う方法がいい」

「京……」

「何度も言ったでしょう。もう二十八です。セックスも知ってる。……あなたとしたい」

そっと唇をついばんだのは、今度は江上のほうからだった。彼から求められ、やさしく口づけられ、それだけで脳がとろけそうになる。くちゅくちゅと口腔《こうこう》で絡《から》みあう舌の動きが巧《たく》みで、京はあっという間に追いつめられた。

(うわ、なに、うまい……っ)

こんなキスは知らない。とろりとあまくて、酩酊《めいてい》に頬が火照《ほて》る。アルコールに弱い京だけれども、きっと極上《ごくじょう》の酒を飲んだらこんな気分になるに違いない。

「んんっ、んん……っ」

上顎《じょうがく》を舌でくすぐられると、はしたなく腰《こし》が跳《は》ねた。夢中になって江上の舌に応《こた》える京は、自分の胸がぴんと張りつめ、硬《かた》くなっていくのを感じる。

きつく閉じた瞼に涙が滲《にじ》み、江上の唾液《だえき》を喉《のど》を鳴らして飲んだ。男を丸出しにしたねばつくようなキス、それはこの間乱暴にされたときにも与《あた》えられたはずなのに、背中をさする手のひらや、髪《かみ》を梳《す》く指のやさしさで、すべてが違うものになる。

「はっ、あっ……」

口づけだけで息を荒らげ、それをほどいたときには京はもうぐったりとなっていた。江上は力の抜けた身体をそっと抱《だ》きかかえ、耳にやさしく指を這《は》わせながらぽつりとつぶやく。

「……こんなことのために、助けたわけじゃないのに」

ほんのすこし悔《く》やむような彼の表情に、いまだ罪悪感が滲んでいるのを知った。彼の脳裏《のうり》から、子どもだったころの記憶《きおく》が消えてくれるまで、どれくらいかかるのだろう。

「でも、ぼくは、こんなことがしたいです」

まだ痺《しび》れている身体を動かし、江上の腰にまたがった。密着した熱にぶるっと震え、赤らんだ頬《ほお》に触れる指へとあまえるようにすりつける。同時に、煽《あお》るように揺《ゆ》らめかせた細い腰を江上の大きな手のひらが摑んだ。

「どれくらい知ってる？」

「んあっ、……ぜ、ぜんぶ」

いたずらを咎《とが》めるように、衣服のうえからぐっと突《つ》きあげられた。ボトムのなかに屹立《きつりつ》したそれがじんわりと湿《しめ》ってくるのを感じる。そして——浴室を借りたついでに、準備したうしろのほうが、まだぬるついている。

「自分で、用意できるくらい、ぜんぶ知ってます」

瞼をなかば伏《ふ》せたまま、首筋にしなだれかかってささやく。近づいた体温がふっとあがるの

を感じて、江上を煽ることができた自分に京は喜んだ。

「江上さんが抱く気にならない、ぼくの身体《からだ》は好みじゃないっていうなら、しかたないけど」

「だったら、こんなに困ってないだろう」

ふたたび自己主張するものを押しつけられた——と思ったけれど、江上の腰は動いていない。

意味するところを察して、京の目がとろりと濡れた。無意識に乾《かわ》いた唇を舐《な》めると、バーテン

ダーの器用な指がその隙間《すきま》に滑《すべ》りこんでくる。京がぞくりとしながらその指を舐め、吸ってい

ると、卑猥《ひわい》な動きで抜き差しされた。

「んんんっ」

「……喜ぶのか、これで。ずいぶん、いやらしく育った」

ふっと笑う江上の表情が獰猛《どうもう》に歪む。そしていきなり強く抱きしめて、耳が痛いくらいに噛《か》

みつかれた。「ん！」と京が声をあげれば「自業自得《じごう》だ」と彼は怒ったような声を出す。

「初対面からはじめてくれって言ったな」

「ん、はいっ……あ、あう」

耳を舐めながら、ささやくような声で「もう知りあって二カ月になるな」と念押しされる。

京がうなずくと、もう一度耳殻《じかく》を噛んだ男は喉奥で笑った。

「だったら、手出しするのも遅《おそ》いくらいか」

「出して、って、言ったのにっ……」

「そう簡単にできないから自制してたんだ。大人の苦労もすこしはわかれ」

冷たすぎるほどの態度は、このままではなし崩《くず》しになってしまう自分への戒《いまし》めだったと教えられ、予想はしていたけれど京はほっとした。

「苦労なんか、しなくていいです。好きなだけ、好きなようにしてください」

両腕《りょううで》にしっかり抱えられ、満足そうに笑う京の無防備さに、江上はさすがに苦笑《くしょう》した。

「あんまり、男に隙《すき》を作るなと忠告したのに」

「江上さん以外には、気をつけます」

つけこまれるぞと脅《おど》されて、つけこんでくれと腕《うで》を絡めると、江上はようやく吹《ふ》っ切ったような顔で艶冶《えんや》に笑う。

「……まあ、もう、子どもじゃないか」

「そうですよ」

京の舌で濡らした指が、胸を滑った。つんと尖《とが》った乳首《ちくび》の周囲を触《ふ》れるか触れないかといったふうに撫《な》でてくる江上の手は、充分《じゅうぶん》に悪い。

護《まも》ろうとしたその手で、壊《こわ》されて、いじめられたい。京は濡《ぬ》れた目でじっと彼を見つめ、

「だから、大人なこと、してください」とせがんだ。

＊　＊　＊

キスもそうだったけれど、江上の触れかたは先日とはなにもかもが違った。

寝室《しんしつ》へと連れこまれ、丁寧《ていねい》にベッドへと押し倒《たお》してくる力かげんもソフトで、すべての仕種《しぐさ》がやさしい。

けれど服を脱《ぬ》がされる間も、キスは執拗《しつよう》に続いていた。

「んっんうう、んん！」

「……口のなか、弱いのか」

「し、しらな……あふっ、んーっ！」

ソファのうえで交《か》わしたキスだけで、京のそこが濡れたことに気づいた彼は、なんだか楽しげに身体をいじりまわし、京の舌をもてあそぶ。こういう意地の悪いところがあったのかと驚《おどろ》

くと同時に、江上にだったらなにをされてもいいと思う自分もいた。

「ふはっ……あ、ん」

焦《じ》らすようにしてすべての衣服を取りはらわれ、お互《たが》いの肌《はだ》をさらけだす。裸《はだか》になった江上の身体は、彼が冗談《じょうだん》めかして自嘲《じちょう》するような『中年』の兆《きざ》しなどどこにもなく、いまだに腹筋は六つに割れ、なめらかな肌のしたには筋肉がうねっていた。

そして、さきほど布越《ご》しにこすりつけられた彼の股間《こかん》のそれは、京の知る限りでもかなり上位ランクにはいるだろう代物《しろもの》で、ほんのすこしだけ怖《こわ》くなる。

「痛いようなら、いれない」

「……いやです、いれたい」

視線のさきを察して苦笑した江上にあまえて抱きつく。だがその脇腹《わきばら》と背中に手を這わせた京は、なめした革《かわ》のように張りつめた皮膚《ひふ》のなか、引っかかるような感触《かんしょく》に首をかしげた。

「これって、……！」

指に触れた場所を眺《なが》めると、かつて試合でついたとおぼしき疵《きず》、そしてあの事件のときに残されたとしか思えない、ひどい裂傷《れっしょう》の痕《あと》が背中に残っていた。

「こ、んな、ひどい」

「気にしなくていい」

凍《こお》りついたままじっと疵を見つめた京を抱きこんで、江上は目《め》尻《じり》へと唇《くちびる》を這わせてくる。

「痛くないし、なんともない。京が泣く理由はなにもない」

「……っ」

洟《はな》をすすればキスであやされ、とろとろと舌も感情も舐めとかされる。わざと下半身をこすりつけ、ちいさな乳首は器用な指がつまんで潰《つぶ》し、硬くなればそれを転がされた。

「あ、ああ……」

京が夢中になり、手足を絡《から》めあってシーツのうえで転がった。お互いの身体をうえにしたりしたにしたりしながら、汗《あせ》ばんできた肌をこすりつけ、感じる場所を教えあう。横臥《おうが》するような体勢で抱きあい、脚《あし》の間に江上のそれを挟《はさ》まされながら腰を動かされ、いやらしくて、よすぎて、京はさきほどとは違《ちが》う意味ですすり泣いた。

「あ、あ、あ、……だめ、あっ」

「だめ、じゃない」

するりと背中を撫でられ、すぐにちいさな尻《しり》へとたどり着いた江上の指が、京の身体のなかに気づいてぴたりと止まった。「ん？」と声をあげた彼に、京はぎくりとする。

「ボディローション、勝手に、使って、ごめんなさい」

「おまえ……」

ため息をついた江上は、さすがにあきれただろうか。抱きついたまま伏せていた顔をおずおずとあげると、すっと目を細めた彼が冷ややかに京を見た。

「あ、あの、……あっ⁉」

軽蔑《けいべつ》されたのかと身をすくめるより早く、長い指がはいりこんでくる。最初から遠慮《えんりょ》もなしに、けれどけっして痛ませないようにとかきまわされるそこが、疼《うず》いてたまらなくなる。

「んんっ、んっ、あ、そこだめ、だ、め」

「ほんとにすっかり、悪い大人になってるな」

唇の端《はし》だけで笑う江上の目はなかば伏せられた状態で、表情だけを見るなら、ひどく酷薄《こくはく》にも感じられる。けれど京をいじりまわす指、そして意外に長い睫毛《まつげ》から覗《のぞ》く視線の熱さと、なにより触れあった身体に感じる高ぶりが、彼の興奮を伝えてくる。

(あのとき、本当はそうだった？)

乱雑に扱《あつか》い、放《ほう》り出された夜の江上もこんな目をしていた。喰《く》い殺したいと言わんばかりの肉食獣《にくしょくじゅう》の目は、たぶん彼がリングに立っていたときの名残《なごり》なのかも知れない。

穏《おだ》やかそうにみえて、江上の本質は激しい。そんな相手を欲《ほっ》しているのだから、京もきっと相当に、熱量が高いのだと思う。

性急に高められていく身体、思考は散漫《さんまん》に、どろどろに、ぐちゃぐちゃになる。

「あ、う……っあ、いや、そん、そんな、いや」

いままで、多くはないもののそれなりに経験を積んだつもりだった京は、あくまで『つもり』でしかなかったことを江上に教えられた。

「んっあ、いいい……いや、あ、あ、あ」

「経験はあるわりに、開発されてないのか」

全身に唇を這《は》わされ、しがみつこうとする腕は、指をぜんぶ絡める形でシーツに縫《ぬ》いつけられた。余裕《よゆう》の態度で翻弄《ほんろう》され、ひどくしつこく身体《からだ》をやわらげられる合間、開いた脚の間に彼の頭が上下している。それも高ぶりをあやすだけでなく、快楽の根元も、つながるための場所も、そこまでにいたる敏感《びんかん》な薄《うす》い皮膚も、すべて江上の舌が這いまわった。

(ああ、だめ。指と舌、いっしょにとか、そんな)

いちばんすごかったのが、指を入れながらその隙間《すきま》から舐《な》められたときだった。悲鳴じみた声をあげて京が仰《の》け反っても江上は愛撫《あいぶ》の手をやめず、逃《に》げて暴れる身体を押さえこみ、徹底《てってい》的《てき》に快楽を与《あた》えてくる。

濡れた音をたて、指が圧《お》したぶんだけ肉が開いた。京の細い腰《こし》が、つん、とまえに突《つ》き出される。指がさらに沈《しず》むと、「くふ」と京は鼻からあまい息を漏《も》らした。

「くあ、うっ、も、いい。もういい、やだ、江上さんっ、やだっ」

ぐねぐねと蠢《うごめ》く粘膜《ねんまく》に指を埋《う》め、かきまわしながら江上は卑猥《ひわい》に声をひそめる。

「なにがいやだ」

「ゆ、ゆびいや、舌も、いや……」

じゃあなにが欲しい。声は笑いを含《ふく》んで、常よりもすこし温度が高い程度だ。きつくなったり、脅すような響《ひび》きでもなく、むしろあまくやさしい。

「なにがほしい、京」

「あ……あ……」

泣きじゃくりながら「お願い」とせがんだ。けれど江上は簡単には許してくれず、「なにをいれてほしい？」と、あまいサディスティックな声で問いかけた。

「ちゃんと言えたら、ぜんぶやる」

ひどいとなじっても許されなかった。唇を噛《か》んで拒《こば》むたびに乳首をつねられ、貪欲《どんよく》に疼いた場所は指で軽くさわられるだけ。

「言うのも本当はきらいじゃないだろう」

「あっあっあっ……ちが、ちがう」

「違わない。だったらなんで、こんな反応してる？」

言葉をとぎれさせるたび、抜《ぬ》かれたり、逆に激しく突かれ続けたりといじめぬかれ、京がやっと言葉を口にするころには、もはや理性も羞恥《しゅうち》も吹《ふ》き飛んでいた。

江上が指の動きを止めても、京の腰は不規則に動き、男を啜《すす》って濡れていた。

恥《は》ずかしいものがほしい。快楽が、熱い硬直《こうちょく》が、江上自身が、疼いて脈打つあの場所にはいってくれたらもう、それだけでいい。

「……って、いれて、いれてください、お願いっ」

何通りもの言葉でせがまされ、そのうちの四つ目にやっと、江上の気にいるおねだりができたらしかった。もうここまでくるとプライドもなにもなく、「わかった」と頰《ほお》に口づけられたときにはまるで、幼い子どもが褒《ほ》められたかのような、純粋《じゅんすい》な嬉《うれ》しさがあった。

「やるよ、京。ちゃんと、受けとめろ」

「ん、ん、……んー……っあ、あ、あ！」

ようやく、身体をつなげられた。安堵《あんど》と驚《おどろ》きに京は息を乱し、いままでにないほどの深みを暴《あば》く男の身体《だ》を抱きしめる。大きくて、息ができない。硬《かた》いそれが自分でもびっくりするほどに、京のなかにあっていて、挿入《そうにゅう》されただけで軽く達した。

「う、動かないで」

焦《じ》らすだけ焦らされたのは、このせいもあったのかもしれない。苦しいくらいに身体のなかはいっぱいで、呼吸するのも苦労する。それでも、頰や額をやさしく撫《な》でて待っていてくれる江上のおかげで、なにも怖くなかった。

(このひとが、好きだ)

体感以上に胸が苦しく、京は腕《うで》を伸《の》ばして唇をせがむ。欲すれば与えると決めた男は、今度はなにも焦らさず、京が溺《おぼ》れるくらいのキスをくれた。

「んん……っん、あ！」

抱きしめあって、広い背中を手のひらで辿《たど》った。ときどき皮膚の感触が違う場所があり、そ

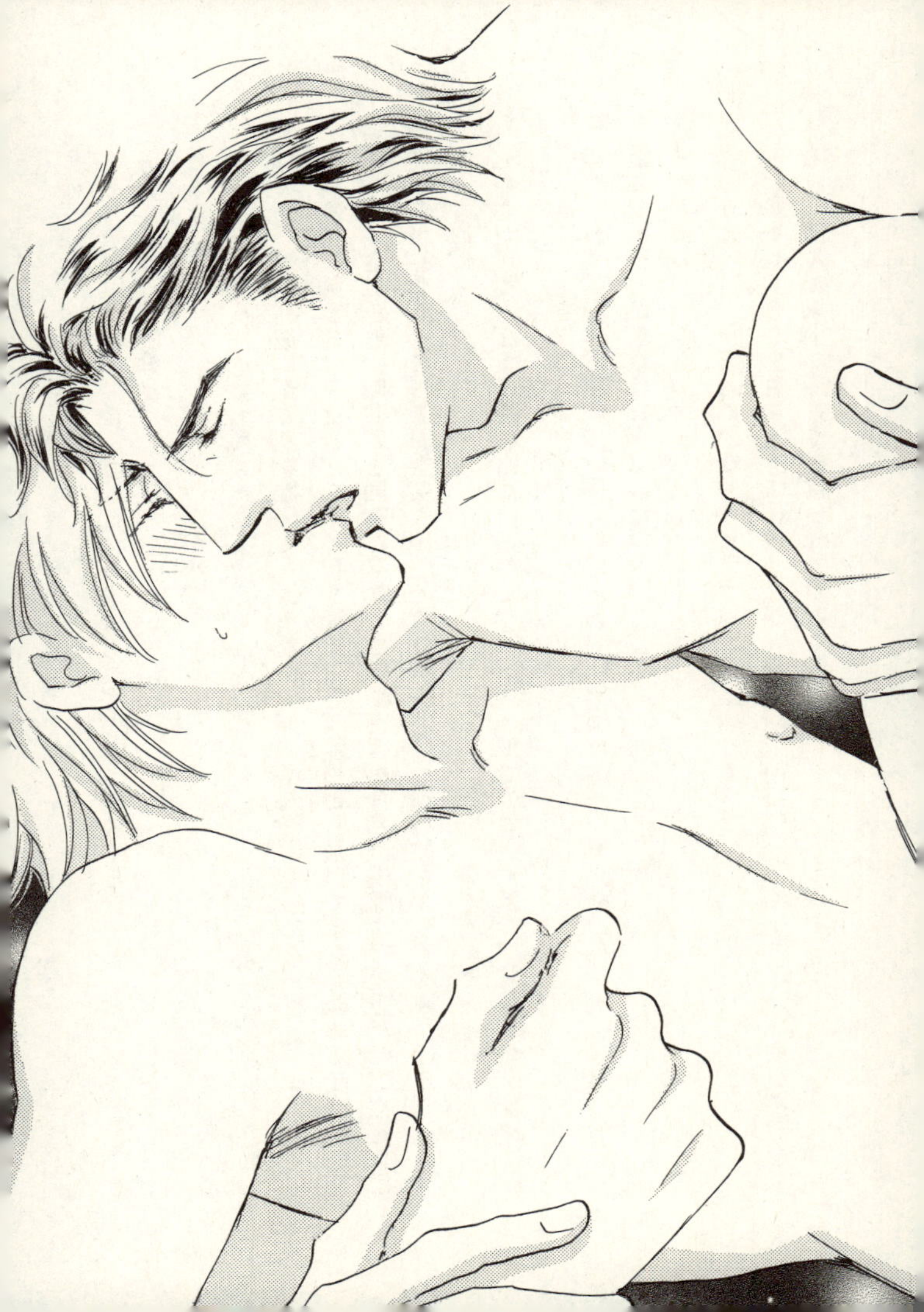

れがせつなくて泣くたびに、強く揺《ゆ》すりあげられて思考が霧散《むさん》する。

「あっ、あっ……あっ、もっと、江上さん、もっとっ」

「こう？」

ぐっと奥に入れたまま小刻みに揺すられ、京は「んっんっ」と呻《うめ》きながら腰を使う。「痛くないのか」と問う彼にかぶりを振《ふ》って、やめないで、と濡《ぬ》れた唇《くちびる》を舐めた。

全身を襲《おそ》う痺《しび》れをこらえながら薄《うす》く目を開けると、獣《けもの》のような目で京を見つめる江上がいた。食《く》らいつくされそうな険しさと同時に、熱っぽいあまさを含《ふく》んだ視線すら愛撫《あいぶ》だ。ぞくぞくと震《ふる》えが走り、骨が浮《う》くほど腰を突き出した京は声をあげながら彼をきつく締《し》めつける。

(こんなの、したことない……)

気持ちだけでも江上は特等席にいるのに、セックスまでがあいすぎて、本当にもう離《はな》れられなくなると思う。

声が濡れて、身体も濡れて。長いこと求めていたつながり、それをわかりやすい形で示してくれるこの行為《こうい》が、京は好きだった。

「き、きもち、い……っ」

「たしかにもう、子どもじゃないらしい」

感度のいい身体を獰猛《どうもう》に笑って揶揄《やゆ》しながらも、江上の目はひどくやさしい。京から唇を求めると、望んだ以上の激しさに貪《むさぼ》られてくらくらする。

けれども、細い手足で、そして彼を包んだ場所で、離さないとしがみつくのは京のほうだ。

「もっと」とねだり、あまえては、鷹揚《おうよう》に笑って許す男にすべてを委《ゆだ》ねた。

感じる場所を小刻みに刺激《しげき》しはじめた江上の促《うなが》しに気づいて、絶頂感への予兆は強くなった。

乳首《ちくび》のさきが痛いくらいで、つまんで揉《も》みあげる指の圧力に京の全身が震《ふる》えた。

「きつくないのか」

「い、い。すごっ……すごく」

過敏《かびん》になってふくれた胸の突起《とっき》をいじられるたび粘膜が締《し》まって、つながった場所からとろけたローションが溢《あふ》れだす。まるで掻《か》き出すように、粘膜のなかで暴れて跳《は》ねる熱。

「……い、くう、い、くう」

ごく小さな声で訴《うった》えると、「いきたいのか？」とささやかれる。必死にうなずくと江上は胸をいじるのをやめ、京の腰を摑《つか》んだ。

「どうしたい？」

「い、いっぱい、してほしい……っ、あ、ああ、あ！」

あまえるような京の言葉のとおり、江上がそのまま奥を突きはじめた。声もなく彼にしがみつき、息も絶え絶えに身悶《みもだ》える京へ、彼は獰猛に笑いながら終わりの言葉をうながす。

「いっていい。好きなだけ、好きなように突いてやるから、腰をあわせろ」

「んく！　んう！　う！」

やさしいいじめの言葉が脳にあまく刺《さ》さり、じゅわあっとなかが濡れるような錯覚《さっかく》と同時に粘膜が痙攣《けいれん》した。

「あ、い……っ、だめ、あ！」

震えてかるく達した京の身体がよじれ、シーツを滑《すべ》った。その腰を摑《つか》んだ江上は今度は自分が感じるための動きに変える。過度の快楽に逃げを打つ身体を押さえこみ、激しく叩《たた》きつけるような腰使いが眩暈《めまい》を誘《さそ》う。

（もっと、もっと強く、もっときついのが、いい）

食い尽《つ》くされたい。欲しくて、欲しくて、もう耐《た》えきれない。京は腕《うで》を伸《の》ばして彼の背中をきつく抱く。そそのかした彼の言葉どおり、みずからも腰を動かして快楽を貪《むさぼ》り、引き締まった肌《はだ》を引っ搔《か》きながら、叫んだ。

「あ、あ、いって、いって、江上さん……っあ……んん！」

「京……っ」

江上のかすれた声が、頰をすべる。うめきを抑《おさ》えるためかのような激しい口づけに襲《おそ》われ、眩暈がするような絶頂に叩きこまれた京は、そのまま意識を失った。

＊　＊　＊

京がそれから目を覚ましたのは、やさしく揺《ゆ》り起こす手のおかげだった。

「……京。京？　きょうは仕事じゃないのか」

低い声がそう告げるのを聞いて、京は一瞬《いっしゅん》なんのことかわからず、むずむずと唇《くちびる》だけを動かして寝返《ねがえ》りを打つ。その後しばらくして脳に言葉が染《し》み、はっとなって目を見開いた。

「い、いま何時ですかっ」

「まだ朝の五時。寝たりないだろうが、支度《したく》して帰るとなると、もう起きたほうがいい」

だるい身体《からだ》を精一杯《せいいっぱい》急いでベッドから起こす。江上はすでに衣服を身につけていたけれど、京はまだ裸《はだか》のままだ。立ちあがろうとすると、身体の奥でぬるりとした感触《かんしょく》があり、反射的に顔をしかめる。

よろけたところで身体を支えられ、江上が低く言った。

「簡単に始末はしておいたけど、シャワーを使ったほうがいい」

「あ、ありがとう」

はにかみつつも礼を言って、京はすこしだけおぼつかない足取りで浴室へと向かう。

熱い湯に打たれると、くまなく愛撫《あいぶ》された証拠《しょうこ》に全身の肌《はだ》がひりついていた。

身体の奥にそっとシャワーを当てると、どろりとしたものがあふれてくる。身震《みぶる》いしながら、セーフセックスせずに誰《だれ》かと寝たのははじめてだ、とぼんやり思った。

(すごく、よかった)

一体感が違《ちが》いすぎた。なかで射精されるのがあんなにいいことも知らなかった。

まだ江上の形になったまま痺《しび》れているそこが、思いだした快楽にずきずき疼《うず》く。自分の指をそっと這《は》わせ、残ったぬめりを洗い流しながら、京は熱っぽく息をついた。

(まだ、熱い)

仕事がなかったら、このままもういちど、とねだってしまったかもしれない。はしたないことにならなくてよかったと、タイルの壁《かべ》に頬をつけて熱い息をつくと、磨《す》りガラスのドアが突《とつ》然《ぜん》ノックされた。

「京?」

「は、はい……っ」

びくっと一瞬飛びあがった京は、中途半端《ちゅうとはんぱ》に引っかかっていた自分の指に、うっかり声を漏《も》らしそうになる。洗うためとはいえ、江上の声が聞こえる場所でそんなところに触《ふ》れているのは恥《は》ずかしく、あわてて指を離《はな》した。

「な、なんでしょう」

「そこの小窓から、外が見えると思うけど、ちょっと覗《のぞ》いてみろ」

すっかり敬語も消え失《う》せた彼の言葉に従い、換気《かんき》のための小窓を開く。そして覗いた光景に、京はあっと声をあげた。

早朝五時、まだこの季節では日も昇《のぼ》りきらないというのに、窓の外は妙《みょう》に明るい。

「さっきテレビのニュースで、豪雪《ごうせつ》のおかげで一部の電車が運行停止の可能性があると言ってたんだが」

「……そうでしょうね」

ひさしぶりに見るような積雪に、明け方の空を舞《ま》い落ちる雪はいまだゆるむことはない。京がここを訪ねてきたころよりも、降りは激しくなっているようだ。吹《ふ》きこんできた冷たい風にぶるりと震《ふる》えたとたん、ちいさなくしゃみが出た。

「ちらっと見ればいい。早く窓を閉めなさい」

京は「はい」と答えて窓を閉め、出しっぱなしだったシャワーのなかに戻《もど》ると、一瞬で冷えた肌に湯を当てて暖をとる。

「なに線が運休になるか、わかりますか？」

「微妙《びみょう》だ。首都圏《しゅとけん》全域に大雪警報が出ているらしくて、いまニュース速報が……ああ、待て」

テレビの音声に気づいたのだろう江上がその場を離れ、戻ってきたところで始発列車が止まっている路線の情報を教えてくれた。

そのなかには、京が通勤に使っている私鉄もはいっていて、しかも降雪はこの日いっぱい続くうえに、すでに大雪警報が出たという。

「ああ……じゃあ、学校も休みになりますね」

「そうなのか？」

「通学途中《とちゅう》でなにかあったり、帰れなくなったりすると困るので」

おそらくあと一、二時間後には、携帯《けいたい》に学校からの伝達がはいるだろう。そう告げると、

「だったらゆっくり寝ていけ」と江上は言った。

「無理をさせただろう。さっき歩いているとき、よろけていたから」

痛くないのか、と気遣《きづか》うように問われて、京はかっと赤くなる。「あれは」と、とっさに言いかけて口をつぐむと、江上が沈黙《ちんもく》でさきをうながした。

「なか、が、濡《ぬ》れていたから。こぼれないように気をつけただけ、です」

もごもごと白状したのに、江上はまだ無言だった。頬に血をのぼらせた京が、あからさまぎて引いたのだろうかと顔をしかめるころ、がちゃりと中折れ式の浴室ドアが開く。

古いマンションのせいか、部屋の広さに較《くら》べて、浴室はそう広いというほどでもない。さほど離れてもいない距離《きょり》で、腕《うで》を組んで軽く壁にもたれた江上に見つめられ、京は濡れた肌をさらしたまま立ちつくした。

じわりと足下《あしもと》から熱くなっていくのは、江上の目にも自分の目にも、同じほどの情欲《じょうよく》のほむらが揺れているからだ。まだすこしも足りていなくて、お互《たが》いに飢《う》えている。

京は震える唇から息を吐《は》き、シャワーのしたからゆっくりと足を踏《ふ》みだした。

「江上さんが、コンドーム、つけてくれないから」

「悪いな。すっかりこういうことに縁遠《えんどお》くて、買い置きをするような習慣がない」

「嘘《うそ》ばっかり」

ぺたりぺたりと歩いて、数歩で江上のまえまでたどり着く。開いたドアから冷たい空気が流れこんできて、肌が吹き冷《さ》まされて寒いはずなのに、火照《ほて》っているせいで京は気づけない。びしょ濡れの身体のまま腕を伸《の》ばし、江上の服が濡れるのもかまわず首筋に巻きつけた。江上は組んでいた腕をほどいて、しっとりと火照る肌を抱《だ》いてくる。

「嘘じゃない。セックスはかなりひさしぶりだった」

耳をかじられ、ぶるっと身体が震えた。嬉《うれ》しい、とつぶやいた声が相手に届いたかどうかのタイミングで、京は江上の舌を含《ふく》まされていた。

「んん……」

唇をあわせたのはどちらがさきかわからない。ただとにかく足りなすぎて、きつく抱きあったまま何度も舌を絡《から》めた。数時間まえにやっと知ったばかりの江上の舌の味が京をどこまでも飢えさせる。

段差のせいでさらに開いた身長差のおかげで、腰《こし》から抱《かか》えあげられると足が浮《う》いた。深く上体を折った江上に口づけられながら、さきほどきれいにしたばかりの場所を彼の指が無遠慮《ぶえんりょ》に撫《な》でてくる。ひくりひくりと、京の身体がそれを欲《ほっ》して淫《みだ》らに動いた。

「……本当に休みになるのか」

「な、ります。警報、出たら……っ」

江上が浴室へ足を踏みいれ、京のなかにも指を挿入《そうにゅう》する。まだ残っていたぬめりのおかげでひどくスムーズにそれを迎《むか》え入れてしまい、くちくちと響《ひび》く音が浴室に反響《はんきょう》して恥ずかしい。

「濡れ、ますよ」

白いコットンシャツが、京の触れた形に湿《しめ》って貼《は》りついている。すでに立ちこめる湯気のせいで江上の全身はしっとりと湿り、部屋着のボトムも彼の筋肉質な身体を浮きあがらせていた。

「もう濡れてる」

うしろをいじりながらの答えは笑《え》みを含んだもので、どちらの意味かわからない。息を切らし、ちいさくあえぎながらシャツに皺《しわ》が寄るほどに摑《つか》んだ京は、次第《しだい》に激しくなる指の動きに目をつぶった。「簡単に許すな」と耳元にささやかれた気がしたけれど、まるで言葉が理解できない。びくびくと下腹部が痙攣《けいれん》し、脚《あし》の間の強《こわ》ばりは痛いくらいになっている。

指が、やわらかに粘膜《ねんまく》をかく。ひさしぶりと言うなら京も同じで、ようやく味わった官能の蜜《みつ》はあますぎて、こらえきれそうにもない。

（くせになりそう）

淫奔《いんぽん》な身体《からだ》の反応に自分でも驚《おどろ》きながら、乱れるさまをじっとあの目で見られることすら快感になる。ひくりひくりと蠢《うごめ》く腰を江上の脚にこすりつけると、逞《たくま》しい太腿《ふともも》をまたがされ、軽く身体を揺《ゆ》すられた。じわっと体液が滲《にじ》む感触《かんしょく》に、京はぶるりと震える。

「も……だめ、連れてって」

すすり泣くような声でせがんだのは場所のことではなかった。ベッドでも、ここでもかまわないから、早くこの疼きをどうにかしてほしい。濡れた目で見あげると、江上はゆったりと唇《くちびる》をカーブさせ、京のなかにある快楽をかきまわして声をあげさせる。

「ああ、あ、あ」

言葉はもう、いやというほど交《か》わし尽《つ》くした。あとはやっと触れることを許された身体に、ふたり揃《そろ》って溺《おぼ》れるだけだ。

あまい悲鳴は、積雪に吸いこまれて江上のほかに誰にも聞こえることはない。

しんしんと降る雪に機能の停止した都会の片隅《かたすみ》、京の身体は燃えるように熱く、溶《と》けていた。

＊　＊　＊

気象庁の記録に残るような大雪がやみ、どうにか雪解けのはじまった数日後。

いつものようにカウンターに腰かけた京のまえに、江上がガラスマグを差しだした。

「エッグ・ノッグです」

すこし以前、彼に避《さ》けられていたときと同じ品を、この夜は彼が手ずから運んできてくれたけれど、京は思わず軽く顔をしかめる。

「気に入りませんか」

「そうじゃないけど……江上さんが作ったものがいいです」

仕事中の江上は相変わらず、丁寧語《ていねいご》を崩《くず》さない。すこし乱暴な響きで「京」と呼び捨てられるのはプライベートのときだけだ。そのギャップもまた京の心をあまくときめかせるけれど、せつない思い出とリンクしたホットカクテルのおかげで、すこしだけテンションがさがってしまう。

「わたしが作りましたよ」

「えっ、だってこの間は、厨房《ちゅうぼう》で——」

「運ぶのだけ、ほかの者に頼《たの》んだだけです。あなた用のものは、配合を変えてあるので」

わざと意地悪をしたのだと教えられるのは複雑な気分だったが、京のぶんだけは特別だと言われて相殺《そうさい》になった。眉《まゆ》をさげて苦笑《くしょう》した京は、それならばとあたたかいカクテルを口に運ぶ。

とろりとした舌触《したざわ》りのあまいそれを飲みくだすと、ほっとちいさな息がこぼれた。

「おいしい」

にっこりと笑うと、江上の目がほんの一瞬《いっしゅん》だけ細くなるけれど、すぐに仕事用のポーカーフェイスに戻《もど》ってしまう。

穏《おだ》やかな時間が流れるなかで、相変わらず挙措《きょそ》のうつくしい瀬良がするりと近づき、オーダーシートを滑《すべ》らせてきた。

「江上さん、五番にウォッカマティーニをふたつ」

「かしこまりました」

シェーカーを手に、なめらかな動作でカクテルを作る彼を、京はうっとり眺《なが》める。そんな京に瀬良は唇をすこしやわらげるだけの笑みを残し、一礼して去っていく。

ふたりの間の空気が変わったことに、瀬良をはじめとした店員たちは気づいているようだけれども、誰《だれ》もなにも言わない。ただ、ごくさりげなく、京がいる間はカウンターにあまり客を寄せつけないようにはしてくれているらしい。

あまいカクテルのにおいと味、音楽と、シェーカーの音。それから目のまえにいる恋人《こいびと》の気配。静かな夜を味わいながら、京は夢を見るようにうっとりと笑う。

やわらかい海の底にたゆたうような気分で、京はゆっくりとなめらかなエッグ・ノッグをすすり、目を閉じる。

長い長い初恋《はつこい》に酔《よ》う時間は、これからもきっと、終わらない。

END

参考文献《ぶんけん》・『思考の整理学』（ちくま文庫）外山《とやま》滋比古《しげひこ》

あとがき

シリーズ刊行としては一年ぶり、完全書き下ろしとしては三年半ぶり（！）のブルーサウンドシリーズ、西麻布《にしあざぶ》編です。ケネスと朝倉の『しじまの夜に浮かぶ月』より、タイトルも変えておりますが、今回も湘南《しょうなん》編のキャラクターたちはかなりちょっぴりしか出てきておりません。

といいましても、毎回主人公が変わるキャラクターチェンジの読み切りシリーズですので、どの本から読んで頂いてもまったく問題はないと思います。

もともと「海」が符号《ふごう》だった湘南舞台《ぶたい》の話にくらべ、西麻布舞台のほうは「夜」を符号としておりまして、雰囲気《ふんいき》もかなり違《ちが》う感じにしたいな……と思ってたのですが、その最たるものが、湘南編『振り返ればかなたの海』から脇《わき》で出ていた江上でした。

もともと過去ありのキャラクターで、メインキャラよりもずっと年上の謎《なぞ》の男、みたいに思っていて、本当は四十代にしたかったのですが……ルビー文庫コード的にNGということで、結果、年齢《ねんれい》はちょっと下がりました（笑）。

主人公の京に関しては、初稿《しょこう》を読んでくれた友人曰《いわ》く「なんでこう、チカラワザっぽく感じるのかしら、この子の行動……」と言われました。や、チカラワザだからじゃないかな。このシリーズってナイーブ健気《けなげ》な受けキャラはけっこういたんですけれども、今回の京はある意味、もっとも逞《たくま》しい気がします。というかこれくらいじゃないと江上とは渡り合えないかも。

でもって、このあとのふたりは、シリーズ中これまたもっとも、淫靡《いんび》な感じのふたりになりそうな気がしております。夜のにおいが強いというか。西麻布編にはちょうどいいかな。

それにしても、のんびりとやらせて頂いていたこのシリーズも、前二作は短編集でしたが、もう八作目。最初は単発の予定だったのに、ここまでよく続いたな、と感じています。

ずっと挿画《そうが》をつけてくださっているおおや和美先生、今回もご迷惑《めいわく》をおかけいたしましたが、想像以上に素晴《すば》らしくカッコイイ江上ときれいな京をありがとうございました！　もう、この江上だけでごはん三杯《ばい》です。おおやさんのアラフォーとったどー！　という気持ちです。本当にありがとうございました！

それから毎度の協力、SZKさんとRさん、他友人も、チェックにアドバイスに下調べに、今回もお世話かけまくりでした……この秋は地獄《じごく》の進行でしたが、皆《みな》の協力があって乗り切れたと思います。担当さんをはじめとしたスタッフの皆様にもご迷惑をおかけしました。

最後に、ここまで読んでくださった読者の皆様、本当にありがとうございました。

リアルの時間としては六年ですが、ストーリー上は第一作目より四年、『しじま～』からは二年が経過した形になっております。ちらほらとほの見える彼らの「その後」もあわせてお楽しみ頂ければ幸いです。

KADOKAWA RUBY BUNKO

せつなの夜《よる》に触《ふ》れる花《はな》

崎谷《さきや》はるひ

角川ルビー文庫　R83-26　16576

平成22年12月1日　初版発行

発行者――井上伸一郎
発行所――株式会社角川書店
東京都千代田区富士見2-13-3
電話/編集(03)3238-8697
〒102-8078
発売元――株式会社角川グループパブリッシング
東京都千代田区富士見2-13-3
電話/営業(03)3238-8521
〒102-8177
http://www.kadokawa.co.jp
印刷所――暁印刷　製本所――BBC
装幀者――鈴木洋介

ISBN978-4-04-446826-2　C0193　定価はカバーに明記してあります。